U0523884

莫愁猎火狼烟，
前路有高适

董领 / 著
北册 / 绘

湖南文艺出版社
HUNAN LITERATURE AND ART PUBLISHING HOUSE
博集天卷
CS·BOOKY

自序:

有一种力量叫高适

高适怕是没想到,千年之后,他再一次走红。

这归功于电影《长安三万里》的上映,这部以高适为主角的电影掀起了全民观影热潮,它也排进我国影史动画电影票房榜的前列。

在此之前,上至白发老人,下到牙牙学语的孩童,都没意识到,唐朝还有这样一位传奇诗人,叫高适。

其实很多人都背过他的"莫愁前路无知己,天下谁人不识君?",不过对当代人而言,他是"诗红人不红"的典型之一。

有人喜欢将他与电影的另一个主角李白比较,相比之下,不少人更喜欢踏实肯干、厚积薄发、大器晚成的高适。

李白是仙人,但是要走好人生路,还是要向高适学习!

这也是创作这本书的缘起,为高适立传,势在必行。

本书从榜样、大器晚成、乐天派、农民、戎帅、友情、家族、

自序： **有 一 种 力 量 叫 高 适**

宋州突围共八个侧面，展示高适跌宕起伏的一生、诗情边塞的魅力和戎马报国的情操。

一个人来到世上，何为第一等大事？立志。选好一条路，才能心有定力，不被他物诱惑。高适云："永愿拯刍荛，孰云干鼎镬。"这是他早年就立下的志向，拯救穷苦大众是他的夙愿，哪怕会招致杀身之祸。他也为自己找到几位榜样：宓子贱、魏征、郭元振、狄仁杰。步步前行中，他以理想为灯塔，以榜样为航线，终而成就"有唐以来，诗人之达者，唯适而已"的诗坛传奇。每个人都该透过三维动画，读一读高适，尝试将这位远方的榜样迎进自己的精神家园，由他帮我们培树自己的理想高地。

少年得志的人固然令人羡慕，但大器晚成的人更令人钦佩。高适在草泽沉沦了近五十年，才谋得一个小官，可他深感"拜迎官长心欲碎，鞭挞黎庶令人悲"，官场的繁文缛节令他心累，他还得奉命驱策百姓，尤为悲哀。于是，他辞官，远赴河西从军报国。几番周折后，他终于在安史之乱中崭露头角，享尽荣光，却仍不忘初心，笃定前行，在六十四岁时封侯，实现了阶层跃升。

人生不如意事十之八九，高适用漫长波折的一生告诉我们：人要乐观豁达。乌云密布是暂时的，暴雨倾盆也是暂时的，即使咸鱼一条，即使一事无成，也不要丧失信心。请记住！在千年前的那个大雪纷飞的冬夜，连寥寥酒钱都付不起的高适在激励自己："莫愁前路无知己，天下谁人不识君？"

高适是一位诗人，但他首先是一位农民。他是盛唐诗人中真正从事过农业生产的"真农民"。从"兔苑为农岁不登，雁池垂钓心长苦"到"托身从畎亩，浪迹初自得"，他吃了很多苦，也因此切身体悟到农民的苦。哪怕手中仅有微薄小权，他也不愿像多数官场同僚一样剥削农民，而是总会尽绵薄之力为他们谋福利。"万事切中怀，十年思上书"，高适虽蛰居宋中，耕读十载，但仍有忧心天下百姓的赤子情怀，特别是他身边一起耕作的农民。中国是农业大国，现在是，唐朝的时候也是，农民一直扮演着社会生产中的重要角色。为农民利好者，得民心，赢天下。

高适是一位诗人，但他更是一位战士。他三次去边塞，为了建功立业，更为了保家卫国。盛唐是"宁为百夫长，胜作一书生"的时代，宁愿做个下等兵冲锋陷阵，也不愿做个书斋小生舞文弄墨。高适不像李白把投身边塞仅仅当作求取功名的手段，不像王昌龄"但使龙城飞将在，不教胡马度阴山"，看似潇洒，却透着苍凉，也不像齐名的岑参将笔墨泼于边塞的奇异风光中。高适的诗中有对"战士军前半死生，美人帐下犹歌舞"的现实揭露，有对"转斗岂长策，和亲非远图"的清醒认知，也有"圣代休甲兵，吾其得闲放"的高尚境界。

自序： **有一种力量叫高适**

即使步入花甲之年，高适也任劳任怨，远赴西南，抗击吐蕃。高适这样的爱国情怀和鞠躬尽瘁的精神，弥足珍贵。

有人可能不知，高适的朋友圈无比广阔。他的一众好朋中，有唐诗的两座高峰诗仙李白和诗圣杜甫，高适和他们是当时远近闻名的"三才子"；有边塞诗派的王昌龄、王之涣、岑参，高适和他们是大名鼎鼎的"边塞四诗人"；还有张九皋、哥舒翰、北海太守李邕等朝廷重臣；更有少年玩伴、落魄时的患难之交……高适喜欢交朋友，他云："脱略身外事，交游天下才。"漫漫人生路，友谊陪伴了他，给他安慰，赐他力量，让他长见识，也带给他机遇。朋友不在多，而在真心经营，学会交友是每个人一生中的重要功课。

高适来自一个曾经荣耀的家族，虽然家道中落，但是他担起了重振家门、光宗耀祖的使命。他用书与剑，为渤海蓨高家填上浓墨重彩的一页。中国是一个重视家族文化传承的民族。不忘家族，才能不忘初心；不忘初心，才能不轻言放弃。懈怠时，我们应该回望祖辈父辈曾经走过的路，看着他们付出的努力，我们还有什么理由不坚持下去？

高适一生中，有一个地方对他来说是有特殊感情的，那就是宋州，今天的河南商丘。高适在这里度过了生命周期近二分之一的光阴。他落魄无助时，是宋州接纳了他。他见过宋州的春夏秋冬，宋州也见证了高适的蛰伏砥砺,直到他最后一次离开。高适不知宋州会是他的"突围"之城,只有反观时,才会定义并正视它的意义。每个人的一生中都有这样一个地方,也许毫不起眼,但注定是意义重大的,它值得我们放在心底最深处。

再回到最初的问题,我们为什么需要高适?答案就在这本书中。人的一生中,平凡是常态,曲折是多数,焦虑是必然。所以,有请高适这位文武双全的挚友陪我们共同面对人生际遇中的种种可能。特别是遇到诸如"猎火"和"狼烟"这般困境的时候,我们更需要他。

莫愁猎火狼烟,前路有高适。

最后,需要特别感谢本书的策划张攀,他的认真细致、精益求精使本书呈现了最佳面貌,也是他的坚定支持让"诗红人不红"的高适得以和读者见面。

是为自序。

董领

2024 年 3 月 1 日于杭州

目录

第一章　榜样：前人光照下　一

第二章　大器晚成：诗人之达者，唯适而已　三五

第三章　乐天派：乐观的人生秘籍　六七

第四章　农民：大唐第一农民诗人　九三

第五章 戎帅：以剑为诗，以国为家 一二五

第六章 友情：人生路漫漫，幸好还有朋友 一六五

第七章 家族：书剑传承与发扬光大 二〇五

第八章 宋州突围：高适的「达」地 二二九

古威
人风

MIGHTY
ANCIENT

古人
威风

MIGHTY
ANCIENT

第一章

榜样：前人光照下

"一片树林里分出两条路,而我选了人迹更少的一条,因此走出了这迥异的旅途。"

这句诗出自罗伯特·弗罗斯特的《未选择的路》。这首诗虽然年代久远,但每次读来总令人感动,因为它写出了一个引人共鸣的话题:选择人生道路很艰难,即使很多年后,还是令人忍不住思考,如果当初选择了另一条路呢?

当一个人开始对人生有所思考的时候,也总会在夜晚辗转反侧:"我要如何度过这短暂的一生?"

这是一个亘古不变的难题,就像在一场漫长的旅行中,我的目的地在哪里?我一路同行的伙伴又有谁?

一

在高适现存的二百多首诗歌中,他提到最多的一个人,叫作宓子贱。

第一章　榜样：前人光照下

他为宓子贱写了很多诗，《宓公琴台诗三首》《同群公秋登琴台》《观李九少府翥树宓子贱神祠碑》《鲁郡途中遇徐十八录事》等，可以说是宓子贱的忠实粉丝。

公元744年，高适、李白和杜甫等人来到单父游玩。当时这个地方还属于河南的宋州。游玩除了欣赏自然风光，总少不了另外一个环节——凭吊名胜古迹，特别是和大人物相联系的名胜古迹。

单父正好有一个传奇人物，就是宓子贱。

宓子贱是孔子的学生，七十二贤之一。但是他令历史记住的并不是孔子学生这个身份，而是另外一个身份——单父宰。

宰，是主治的意思，单父宰也就是单父这个地方的父母官。

有人可能会问，一个小县城的父母官，有什么称奇的？

称奇的是宓子贱在单父这个地方主政三年，弹琴而治，身不下公堂，就把单父治理得路不拾遗、夜不闭户，甚至老百姓都不愿意犯罪，怕影响了宓子贱的名声。

三年期满，接替宓子贱做单父宰的人叫作巫子期，他也是孔子的学生，他到任后，事必躬亲，披星戴月，天没亮就去公堂，夜晚辗转反侧还在思考公事，但是单父的治安却变差了。

巫子期十分不解，于是去请教宓子贱。宓子贱说："你是一人之力，我是群策齐力；依靠众人的力量当然安逸，依靠自己的力量必然劳苦。"

孔子听说后都称赞道:"惜哉,不齐所治者小!所治者大,则庶几矣。"

意思是,对宓子贱来说,治理单父实在有点屈才,他完全可以做更大的官,管理更大的地方。

这一好一坏、一少一多、一劳一逸,就衬托了宓子贱的贤明,宓子贱因此成为儒家推崇仁政德政的榜样。

而宓子贱抚琴的地方也成了单父著名的旅游景点。

子贱琴堂在单父县北,高适、李白、杜甫等人来游玩的时候,时间已经过去了一千多年。

面对物是人非的琴台,高适心中颇为触动,写下了关于宓子贱的第一首诗:

宓公琴台诗三首·其一
高适

宓子昔为政,鸣琴登此台。

琴和人亦闲,千载称其才。

临眺忽凄怆,人琴安在哉。

悠悠此天壤,唯有颂声来。

"临眺忽凄怆，人琴安在哉。悠悠此天壤，唯有颂声来。"人和琴虽然早已不在，但天地之间，称赞宓子贱的声音一直在回响。

写这首诗时，高适已经四十四岁了，年近半百，正处于人生低谷期，家庭、仕途都没有。而与他一同游玩的李白、杜甫也人生不得志，李白被赐金放还，杜甫科举失利，三人同是天涯沦落人。面对悠悠琴台，吹着清凉的秋风，高适若有所思。

余秋雨曾说："在中国古代，凭吊古迹是文人一生中的一件大事，在历史和地理的交错中，雷击般的生命感悟甚至会使一个人脱胎换骨。"

高适在短期内密集地写了很多感怀咏叹宓子贱的诗，比如《同群公秋登琴台》《观李九少府翥树宓子贱神祠碑》等，如果不是投入他内心之湖中的石头之大，是无法激起层层的涟漪，在他心中久久扩散的。

在《鲁郡途中遇徐十八录事》中，他甚至非常直白地表达："独行岂吾心，怀古激中肠。圣人久已矣，游夏遥相望。"

人这一生，怎么能独行？宓子贱，我要向你靠近！

后来高适回到宋州，在半隐半游之间，也总是会想起宓子贱。

宋中十首·其九

高适

常爱宓子贱，鸣琴能自亲。

邑中静无事，岂不由其身。

何意千年后，寂寞无此人。

为什么一千多年过去了，再也没有了这样的人？

高适在试着用自己的方式来回应。

后来，四十九岁的高适终于有了一个官做，但是很快，因为不愿意曲意逢迎上级、做欺压百姓的事而愤然辞官："拜迎官长心欲碎，鞭挞黎庶令人悲。"

身体力行的致敬，永远是靠近偶像的捷径。

二

中国人有句古话：人无志不立，树无根不长。一个人如果不能尽早确立一生的志向，就会无所作为，碌碌终生。

苏联作家奥斯特洛夫斯基曾在《钢铁是怎样炼成的》中写道：

"人最宝贵的是生命。生命每个人只有一次。人的一生应当这样度过：当回忆往事的时候，他不会因为虚度年华而悔恨，也不会因为碌碌无为而羞愧；在临死的时候，他能够说：'我的整个生命和全部精力，都已经献给了世界上最壮丽的事业——为人类的解放而斗争。'"

古今中外的众多名人传记中也反复论证着一句真理：伟大的志向铸造伟大的人生。

高适一直是一个有着远大抱负的诗人，当三十多岁还处于人生低谷期时，他就在自传体长诗《淇上酬薛三据兼寄郭少府微》中鲜明地表达了自己的理想："永愿拯刍荛，孰云干鼎镬。"

永远愿意拯救割草砍柴的老百姓，就算被处以烹煮的极刑也在所不辞。

这是一个非常远大的理想和令人感动的抱负，在同时期的诗人中，也只有在杜甫的诗中能读道："致君尧舜上，再使风俗淳。"

它甚至可以与另一个令无数中国人每次读来就会热血沸腾的伟大信仰媲美："为天地立心，为生民立命，为往圣继绝学，为万世开太平。"

为什么高适在大唐盛世会发出这样普世的呐喊呢？

这需要我们了解一下当时的社会背景。

高适一生大部分处在唐玄宗时期。唐玄宗在位44年，前期诞生了著名的开元盛世，但是在唐玄宗后期，所谓的盛世其实早已千疮

第一章 榜样：前人光照下

百孔。

在朝堂，奸相李林甫、杨国忠迎合上意、杜绝言路、嫉贤妒能，搞得朝堂乌烟瘴气。有一次科举考试，李林甫是主考官，怕有人超过自己，考试结束后，他竟然一个人也没有录取，还对皇帝美其名曰："野无遗贤。"意思是：所有人才已经在皇帝您的朝廷了，民间没有遗漏的。没想到唐玄宗竟然听信了这样的荒诞之词。这次落第的学子中就有后来成为诗圣的杜甫。

在民间，吏治腐败，剥削严重，农民入不敷出："农夫无倚著，野老生殷忧。"杜甫笔下的"忆昔开元全盛日，小邑犹藏万家室。稻米流脂粟米白，公私仓廪俱丰实"早已成了遥远的梦，成了百姓食不果腹时咂摸的回忆，但是达官贵族依旧过着奢华的生活："美人芙蓉姿，狭室兰麝气。金炉陈兽炭，谈笑正得意。"

在军队中，将领与普通士兵之间更是矛盾重重。高适曾经数次去边塞，目睹了普通士兵的悲惨遭遇，他们像狗一样被虐待，食不果腹，衣不蔽体；他们的尸首无人收拾，化作冰冷的白骨；而那些将军却锦衣玉食，夜夜笙歌。"边兵若刍狗，战骨成埃尘"令人触目惊心，"战士军前半死生，美人帐下犹歌舞"更是让人义愤填膺。

在边境，一些节度使如安禄山等居心叵测，利用战争为自己邀功，屡次挑衅邻近各族，曾经和大唐帝国睦邻友好的奚、契丹、吐蕃、

南诏，因此和大唐生起嫌隙，甚至杀死下嫁的公主反叛。边境因此狼烟四起，战争不断。

大唐，从开元末年起，随着唐玄宗的昏庸，早已成了外强中干的纸老虎。

当李白还在对着明月借酒消愁的时候，当杜甫还在为了功名奔走科举的时候，高适成了盛唐诗人中第一个清醒过来，看到盛世之下涌动的滚滚暗流的人。

而这暗流从上到下，从高到低，慢慢聚积成了滔天洪水，冲毁了处在最低处的农民。

自淇涉黄河途中作十三首·其九
高适

朝从北岸来，泊船南河浒。

试共野人言，深觉农夫苦。

去秋虽薄熟，今夏犹未雨。

耕耘日勤劳，租税兼乌卤。

园蔬空寥落，产业不足数。

尚有献芹心，无因见明主。

天灾不断，收成不好，但苛捐杂税却日渐繁多。农村因此一片衰败。

难以想象这一幅民不聊生的社会图景发生在所谓的盛世时期，而唐玄宗却还自鸣得意地改年为载，为什么呢？因为夏朝之前的唐虞盛世就是用载纪年，唐玄宗觉得自己就像远古的圣人贤王一般，这是多么大的讽刺。

正是在这样的环境里，高适发出了"永愿拯刍荛，孰云干鼎镬"的呐喊，如同刺破黑暗苍穹的一道闪电，虽然这是他的独白，在当时还没有任何回响；虽然他当时还不见经传，根本无法实现理想，但是风起于青蘋之末，浪成于微澜之间，一旦理想的星火在心中点燃，终会成就人生的燎原之势。

三

公元730年，高适来到魏州，也就是今天的河北大名县游玩。

魏州人文荟萃，有很多名胜古迹，在其北面有魏征的旧馆，在城内有郭元振的遗址，外围还有狄仁杰的生祠。

访名人古迹，总会睹物思怀，高适也不例外。他写下组诗《三君咏》：

第一章　榜样：前人光照下

魏郑公
高适

郑公经纶日，隋氏风尘昏。

济代取高位，逢时敢直言。

道光先帝业，义激旧君恩。

寂寞卧龙处，英灵千载魂。

作为历史上有名的谏臣，魏征一直以敢于犯颜直谏留名青史，即使李世民生气了，他也面色不改，毫不退缩。有一次在朝堂上，魏征因一件事再次直言顶撞李世民，让李世民在下朝后依然怒气未消，甚至都动了杀心："总有一天我要杀了这个乡巴佬！"

长孙皇后听说事情的缘由后，忙换了一套朝服来拜见并祝贺李世民，说道："君明则臣直，因为您开明，魏征才敢直言劝谏您，所以我祝贺陛下！"

正是魏征一次次毫无保留地极言直谏，李世民才能够兼听则明，少犯错误，这还诞生了中国历史上一段有名的"铜镜论"：以铜为镜，可以正衣冠；以古为镜，可以知兴替；以人为镜，可以明得失。可以说，贞观之治的缔造，也有魏征的一份功劳。

常言道,伴君如伴虎,而向来忠言又逆耳,从魏征这里,高适学习了"勇气"。在通往人生理想的路上,勇气就像燃料,让前行的列车有了源源不断的动力。

郭代公

高适

代公实英迈,津涯浩难识。
拥兵抗矫征,仗节归有德。
纵横负才智,顾盼安社稷。
流落勿重陈,怀哉为凄恻。

武周时期,吐蕃是大唐的一大边患。吐蕃大将论钦陵要求唐朝撤去安西四镇的守军,并索要十姓突厥之地,狼子野心,令武则天十分头痛。出使吐蕃的郭元振便向武则天献上离间计:"吐蕃的百姓对常年战争也感到头疼,他们早就想和我们和好,只有论钦陵穷兵黩武,想依靠战争获得好处。如果我们派去使者不断展示大唐的恩德和友好,论钦陵却总是反对,那么不论吐蕃国王还是老百姓都会日渐怨恨论钦陵,他再想发动大规模的战争,就没有人跟从,吐

第一章　榜样：前人光照下

蕃上下猜疑，将不攻自破。"

郭元振的这一离间计很快有了效果：吐蕃内部相互猜疑，发生内乱，论钦陵被杀，他的弟弟带着自己的部下投降唐朝。

后来，郭元振被任命为凉州都督，他到任后，将凉州南部的硖口修筑成和戎城，又在北部边境的沙漠中设置白亭军，从而控制了凉州的交通要道，把凉州的边境扩展了一千五百里。此外，他还在这个区域实施屯田政策，利用当地的河流积极发展农业，使凉州的粮食实现了大丰收，囤积的军粮可以吃上十年。

吐蕃听说了郭元振的厉害，相继撤兵，吐蕃赞普甚至献上三千匹马、三万斤黄金请和。后突厥听说他的威名也献上了两千匹马，并将曾经俘虏的凉州人都送了回来，从此边境一片祥和，百姓安居乐业。

再后来，郭元振从安西大都护升任太仆卿，要入朝做官，走到玉门关，这个地方离凉州八百里远，但是凉州百姓早已经用箪装满食物，用壶盛着汤水，排着长队，准备欢迎郭元振。

这是足以彪炳史书，让所有为官者都羡慕的画面。郭元振守护了老百姓，老百姓则用箪食壶浆回报他。

从郭元振这里，高适理解了"责任"。责任就是挑担子，一个有责任感的人，才会把风景变成"前景"，把崎岖变成"奇迹"。

狄梁公

高适

梁公乃贞固,勋烈垂竹帛。
昌言太后朝,潜运储君策。
待贤开相府,共理登方伯。
至今青云人,犹是门下客。

武周时期,心系李唐的大臣仍有很多,这时候的唐中宗李显被武则天囚禁在房陵,李昭德等人虽然想劝武则天迎回李显,但迫于武则天的威严,不敢多说,只有狄仁杰不怕,多次以母子之情劝说武则天,终于武则天慢慢醒悟,派人将李显接回洛阳。武则天将李显藏在帐幕之后,跟狄仁杰聊起李显的事时,狄仁杰再次劝说武则天接回李显,言辞恳切,激动到落泪。武则天将李显唤出来,说:"现在将皇太子还给你!"

狄仁杰又磕头请求:"太子回朝,但无人知晓,这样会引起流言蜚语。"于是武则天将李显安排在龙门,按照盛大的礼节将他迎回宫中。

狄仁杰总是在各种场合为李唐复辟做准备,他的方式也非常巧妙,总是一语中的,说到武则天心坎上,让武则天能够欣然接受。当时,武则天有心传位给自己的侄子武三思,询问宰相的意思,宰相不知道该怎么回答。狄仁杰则从容说道:"姑侄和母子哪个关系更近呢?陛下立儿子为太子,千秋万岁后配享太庙。但是立侄子为太子,还从来没有听说过有侄子让姑姑享太庙的。"

这个说辞实在太精妙婉转了,也杀人诛心于无形之中,按住了武则天立武氏为储的念头。因此武则天听了虽然表面上很不高兴,但其实内心认可了狄仁杰的说法,后来放弃了传位给武三思的想法。

为了李唐的顺利过渡,狄仁杰还积极招贤纳士,为李唐做准备。有一次武则天问狄仁杰:"有没有出类拔萃的人才?"狄仁杰回答道:"荆州长史张柬之虽然年纪大,但是有宰相之才。"于是武则天提拔张柬之为洛州司马。过了一阵武则天又让狄仁杰推荐人才。

狄仁杰说:"我之前给你推荐的张柬之你还没有用呢。"

武则天说:"我已经给他升官了。"

"我推荐的张柬之是可以做宰相的人才,不是来做一个小小司马的。"

于是武则天拜张柬之为宰相。

后来正是张柬之发动神龙政变,拥戴李显复位。

从狄仁杰这里,高适懂得了"智慧"。没有智慧的头脑,就像

没有蜡烛的灯笼,徒有其表,而有了智慧相伴,人生之路才能拨云见日,事半功倍。

这三位便是高适的榜样,高适感慨怀古,见贤思齐焉,他希望像魏征一样"济代取高位,逢时敢直言",像郭元振一样"纵横负才智,顾盼安社稷",像狄仁杰一样"昌言太后朝,潜运储君策。待贤开相府,共理登方伯"。

但一切都完成了吗?

并不是。

有一首歌唱道:"有梦想谁都了不起,未来掌握在自己手里。"

任何伟大的征程,付出实际的行动才真的了不起。

四

南京大学教授周勋初在《高适年谱》中写道:"高适对此三人极为仰慕,其日后出处行事每仿效焉。"

"天地英雄气,千秋尚凛然。"

有了魏征、郭元振、狄仁杰三人做榜样,高适也找到了具体的行动指南。

当我们来俯瞰高适的一生时,会发现后来高适的所作所为竟然

完美地契合他的这些榜样。

公元755年，举世震惊的"安史之乱"爆发，叛军一路势如破竹，很快逼近长安，在高仙芝、封常清抗敌失败之后，哥舒翰奉命镇守潼关，阻截叛军，但很快因为唐玄宗的昏庸命令而兵败安禄山。哥舒翰被俘，时任哥舒翰幕府掌书记的高适突围逃出。他来到长安，向唐玄宗献策："请竭禁藏募死士抗贼，未为晚。"他希望玄宗拿出仓库的全部财物来招募敢死队坚守长安，长安就还有救。

这应该说是一条很中肯的建议，当时郭子仪领导的朔方军正捷报频传，已经威胁到叛军的老巢范阳，颜真卿、张巡等人也在各地奋力杀贼，只要能够坚守长安，长安就不至于沦落。但是唐玄宗并没有采纳高适的意见，他早已有了逃跑的想法，并瞒着百官很快付诸行动。在西逃巴蜀的路上，高适又呈上《陈潼关败亡形势疏》，极言是朝廷军队的腐败导致潼关战败，获得了玄宗的嘉许，被提拔为侍御史。当时，唐玄宗听从房琯的建议，实行"诸王分镇"的策略，其中任太子李亨为天下兵马元帅，十六子永王李璘为江陵大都督和山南东路、岭南、黔中、江南西路四道节度使，坐镇江陵。高适一眼看出其中不妥，又上书力谏这样会分散太子权力且可能导致南北分裂，也不利于团结一心对付叛军。

在这里，我们可以清楚地看到高适身上魏征的影子：他的"勇

第一章 榜样：前人光照下

气"，他不惧上威，一次次直言极谏。《旧唐书》记载："适负气敢言，权幸惮之。"尽管唐玄宗没有采纳高适的意见，但高适也不失一代谏臣的风范。

很快，高适的预言应验了，永王李璘据东南之地，招募数万士兵叛乱。唐肃宗因听闻高适曾劝谏玄宗不要行"诸王分镇"，召高适商议。高适陈述江东利害，并预言永王必败。于是唐肃宗任高适为扬州大都督长史、淮南节度使，负责平叛永王之乱。但高适领兵并不急，先写了一篇《未过淮先与将校书》，劝说永王军中的将士认清形势，早日归顺朝廷。这一攻心计立竿见影，永王军队中传言纷纷，还没交战，早已士气低落，无心恋战。高适因此很快平定了这场叛乱。

在这里，我们又能看到高适身上涌现的狄仁杰的"智慧"，他鞭辟入里，一眼就能看清问题本质；他运筹帷幄，兵不血刃就能化危机于无形之中。高适不愧为一代名将！

永王之乱过后，高适先后出任彭州刺史、蜀州刺史、剑南西川节度使，维护了西南边陲的安稳。安史之乱发生后，大唐威望下降，蜀中局势开始动荡不安，叛乱时有发生。比如梓州刺史段子璋举兵反叛，赶走东川节度使李奂，占据绵州，自称梁王。高适立刻率兵攻下了绵州，消灭了所谓的"梁王"。后来，剑南兵马使徐知道趁

绵州

成都

蜀州

长安

其上司严武奉旨回京之时，纠集羌人，窃据成都。高适当时在蜀州城，离成都很近，他又义不容辞、一马当先，联合临近州郡，率兵一举打败了徐知道，平定了成都之乱。

在这里，高适又实现了对榜样郭元振的致敬："纵横负才智，顾盼安社稷。"作为一方封疆大吏，他积极承担责任，再危险也不临阵脱逃，在边境一隅维护了地方稳定。

还得提一下睢阳之战中的高适。至德二载（757），安庆绪的大将尹子奇率兵十三万攻打睢阳。当时的守城将领张巡、许远部下只有区区六千多人，在十分艰苦的条件下坚守了十个月。当时邻近的河南节度使贺兰进明因为怕手下将领暗算自己而坐视睢阳之难不管。高适当时身为淮南节度使，远在江南，数次写信给贺兰进明，希望他以国家为重，以百姓为重，赶快援救睢阳，但是依然没有得到任何回应。无奈之下，高适只能自己派兵星夜驰援，但千里驰救，还是晚了一步，高适的援兵到时，睢阳已被攻陷三日，张巡等人身死，黎民百姓惨遭屠难。

高适一直秉持"永愿拯刍荛，孰云干鼎镬"的理想，所以他总是心系百姓，虽然远在千里，但是救黎民于水火之中，他总会义不容辞。这次救援睢阳没能成功，也一直令他愧疚，几年后，他路过睢阳，特地去祭奠张巡、许远等人，写下了《还京次睢阳祭张巡许远文》，写到"病不暇拯，殁无全身，煎熬甲胄，啄啗胶筋"时依然恨恨不已。

五

公元759年，在去彭州赴任的路上，高适写了一生中最长的一首诗：

酬裴员外以诗代书
高适

少时方浩荡，遇物犹尘埃。

脱略身外事，交游天下才。

单车入燕赵，独立心悠哉。

宁知戎马间，忽展平生怀。

且欣清论高，岂顾夕阳颓。

题诗碣石馆，纵酒燕王台。

北望沙漠垂，漫天雪皑皑。

临边无策略，览古空裴回。

乐毅吾所怜，拔齐翻见猜。

荆卿吾所悲，适秦不复回。

然诺多死地，公忠成祸胎。

与君从此辞，每恐流年催。

如何俱老大，始复忘形骸。

兄弟真二陆，声名连八裴。

乙未将星变，贼臣候天灾。

胡骑犯龙山，乘舆经马嵬。

千官无倚著，万姓徒悲哀。

诛吕鬼神动，安刘天地开。

奔波走风尘，倏忽值云雷。

拥旄出淮甸，入幕征楚材。

誓当剪鲸鲵，永以竭驽骀。

小人胡不仁，谗我成死灰。

赖得日月明，照耀无不该。

留司洛阳宫，詹府唯蒿莱。

是时扫氛祲，尚未歼渠魁。

背河列长围，师老将亦乖。

归军剧风火，散卒争椎埋。

第一章　榜样：前人光照下

一夕瀍洛空，生灵悲曝腮。

衣冠投草莽，予欲驰江淮。

登顿宛叶下，栖遑襄邓隈。

城池何萧条，邑屋更崩摧。

纵横荆棘丛，但见瓦砾堆。

行人无血色，战骨多青苔。

遂除彭门守，因得朝玉阶。

激昂仰鹓鹭，献替欣盐梅。

驱传及远蕃，忧思郁难排。

罢人纷争讼，赋税如山崖。

所思在畿甸，曾是鲁宓侪。

自从拜郎官，列宿焕天街。

那能访遐僻，还复寄琼瑰。

金玉本高价，埙篪终易谐。

朗咏临清秋，凉风下庭槐。

何意寇盗间，独称名义偕。

辛酸陈侯诔，叹息季鹰杯。

白日屡分手，青春不再来。

卧看中散论，愁忆太常斋。

酬赠徒为尔，长歌还自哂。

这一路高适看到了太多惨状：农村凋敝，城市残破，流民失所，尸横遍野。多么令人痛心疾首！

虽然此去彭州的路途遥远，虽然彭州治安混乱，虽然当地的赋税沉重，但我愿效仿宓子贱，像他一样鸣琴而治，管好彭州，为百姓谋福祉："所思在畿甸，曾是鲁宓俦。"

这一刻，高适终于看清了自己的精神偶像，他终于靠近了自己的灯塔。多年前，自己在秋风中沉思的问题，那颗投入心湖的石子所漾起的涟漪，到现在还未散去。

多年以前想去的地方，今天终于领略了它的风景，虽然"无限风光在险峰"。

多年以前读过的书籍，今天终于理解了它的华章，虽然"绝知此事要躬行"。

据《旧唐书·高适传》记载，高适"累为藩牧，政存宽简，吏民便之"，正和宓子贱的理政思想如出一辙。在蜀地主政时期，他关注民生，积极修桥，只用了三天时间，就架起了一座大笮桥，不仅方便了老百姓出行，还促进了当地的经济文化沟通；他力主东西川合并，是因为分治加重了百姓的负担。

高适修桥一事,还被杜甫写进了诗中:

李司马桥了承高使君自成都回
杜甫

向来江上手纷纷,三日成功事出群。
已传童子骑青竹,总拟桥东待使君。

十几年前的那颗梦想的种子,终于在高适六十岁时长成了参天大树!

晚吗?

梦想的完成,哪怕在最后一口气,也值得我们拼尽全力。

六

王国维曾在《人间词话》中总结人生的三大境界:

第一种是"昨夜西风凋碧树。独上高楼,望尽天涯路";

第二种是"衣带渐宽终不悔,为伊消得人憔悴";

第三种是"众里寻他千百度。蓦然回首,那人却在、灯火阑珊处"。

昨夜的西风肆虐，许多绿树凋零了。我一个人登上高楼，在凛冽的西风中，向远方望去，直到路消失在尽头。

这第一种其实正是所有人人生中最为艰难也最为要紧之处：我这一生该走向何方？就像航船于茫茫大海中，我该航向哪里？

"黄色的树林里分出两条路，可惜我不能同时去涉足，我在那路口久久伫立。"

这个时候，梦想、榜样对于一个人的指引就十分重要。梦想如果是灯塔，那么榜样就是清晰的航线。梦想如果是种子，那么榜样就是浇灌的甘霖。

《大学》中有一个关键字"定"："知止而后有定，定而后能静。"

其实这"定"就是梦想，这"定"就是榜样。

我有梦想在远方，我有榜样一路同行，那么只要出发，只要花些时间，就算遇上风雨雷电，我们也会"衣带渐宽终不悔"。

从一个隐居乡野三十载的村夫逆袭成封疆大吏，再到渤海县侯，高适的成就令人赞叹，而他于其中付出的艰辛也令人佩服，我们当然得肯定个人的努力，但是那些照亮夜路的最亮的星，那些默默坚守的信仰，才是令一个人顶风前行的真正力量。

有了"永愿拯刍荛，孰云干鼎镬"的理想，有了宓子贱、魏征、郭元振、狄仁杰等榜样，在人生处于迷茫、低谷时，高适才能隐忍，才能坚守,才能找到"初极狭,才通人。复行数十步,豁然开朗"的出口,才能成为《旧唐书》里诗人中的唯一。

有唐以来,诗人之达者,唯适而已!

古人 威风
MIGHTY ANCIENT

第二章

大器晚成：诗人之达者，唯适而已

一

中国历史上从来不缺少大器晚成的人。四十七岁才起兵的刘邦，近五十岁依然手无寸功的刘备，五十岁才开始写《西游记》的吴承恩，八十岁才被重用的姜子牙……

这样的名单可以列得很长，这其中还可以加上一位盛唐诗人——高适。

高适绝对是唐朝诗人中大器晚成的代表。他直到四十九岁才正式出仕，六十四岁才实现自己的抱负——封侯，六十五岁去世，人生的大部分时间都在不得志之中度过。

屡战屡败是大器晚成的必经之路。

二十岁时，高适第一次去长安，意气风发。

别韦参军（节选）
高适

二十解书剑，西游长安城。

举头望君门，屈指取公卿。

国风冲融迈三五，朝廷欢乐弥寰宇。

白璧皆言赐近臣，布衣不得干明主。

归来洛阳无负郭，东过梁宋非吾土。

兔苑为农岁不登，雁池垂钓心长苦。

《唐才子传》中记载高适"耻预常科"。二十岁的高适心气很高，不屑走一般读书人科举及第的道路，而是直奔长安，希望得到君王的赏识或有名望人士的推荐，"举头望君门，屈指取公卿"。但是很不客气地说，他这一次求官很失败，不仅连皇帝的面都没有见到，也没有任何人哪怕看在他祖父高侃的面子上愿意推荐他，高家在长安早已没有了立锥之地。

第一次，京城的风吹在少年高适身上，他没有感到清爽，而是"心长苦"，窄门岂是给布衣准备的？

高适想起了曾经的纵横家苏秦。苏秦年轻时有雄心抱负，也想

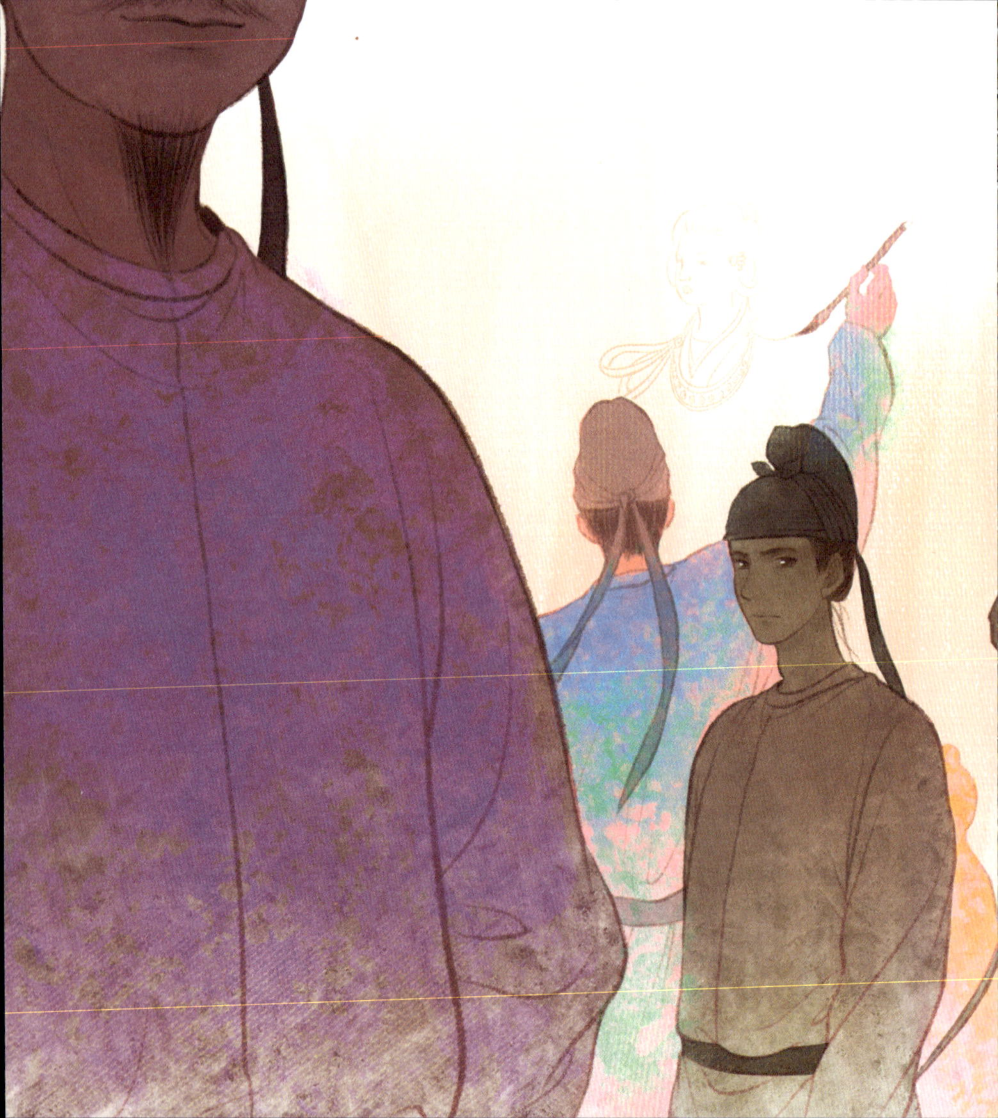

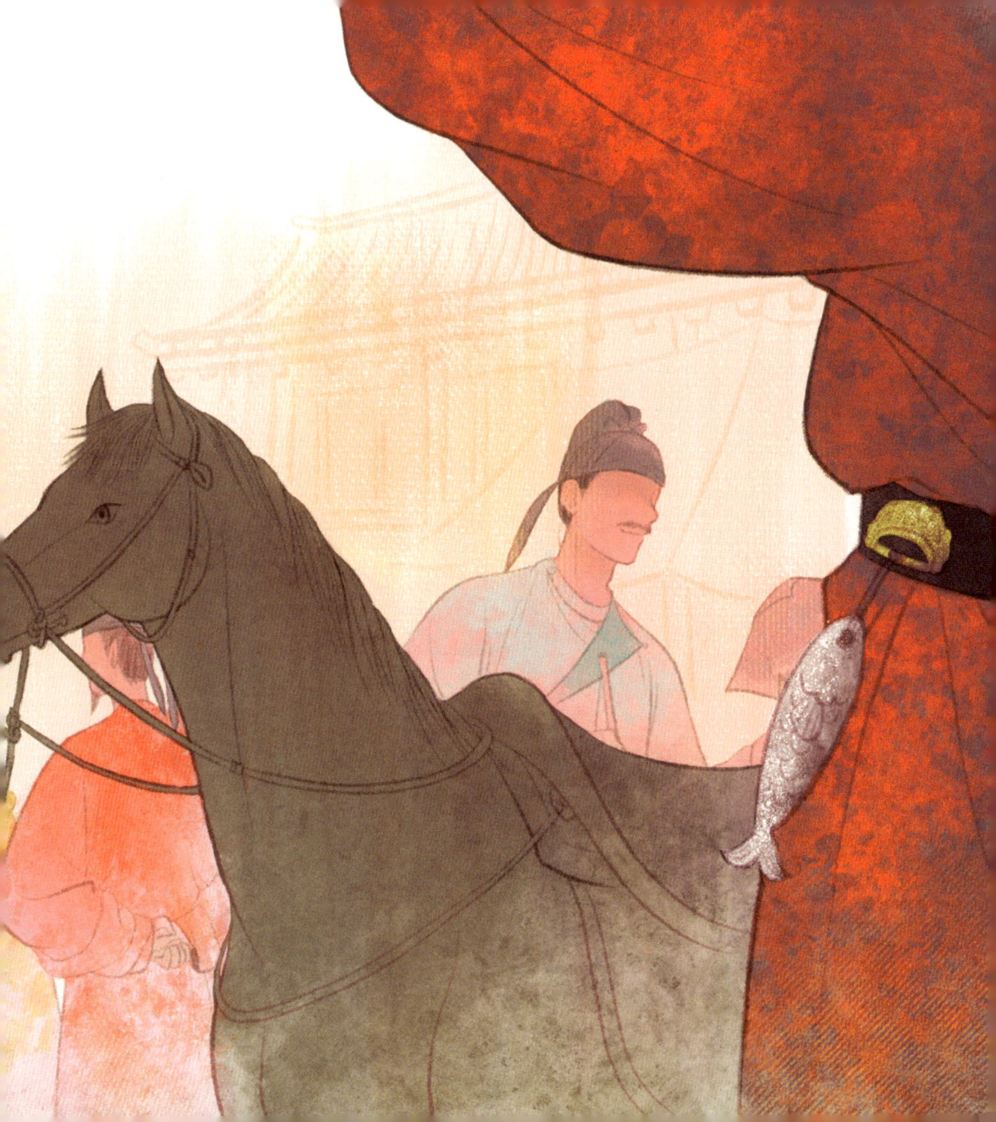

直面君王取得富贵，但是他先后谒见周显王和秦惠文王，都被他们看轻，游说失败后回到家乡，连家人都嘲笑他。

高适也第一次懂得了"行路难"。

行路难二首
高适

长安少年不少钱，能骑骏马鸣金鞭。
五侯相逢大道边，美人弦管争留连。
黄金如斗不敢惜，片言如山莫弃捐。
安知憔悴读书者，暮宿灵台私自怜。

君不见富家翁，旧时贫贱谁比数。
一朝金多结豪贵，百事胜人健如虎。
子孙成行满眼前，妻能管弦妾能舞。
自矜一身忽如此，却笑傍人独愁苦。
东邻少年安所如，席门穷巷出无车。
有才不肯学干谒，何用年年空读书。

第二章 大器晚成：诗人之达者，唯适而已

原来寒窗苦读比不上出身富贵，原来干谒胜过诗书。

邯郸少年行
高适

邯郸城南游侠子，自矜生长邯郸里。
千场纵博家仍富，几度报仇身不死。
宅中歌笑日纷纷，门外车马常如云。
未知肝胆向谁是，令人却忆平原君。
君不见即今交态薄，黄金用尽还疏索。
以兹感叹辞旧游，更于时事无所求。
且与少年饮美酒，往来射猎西山头。

平原君是战国赵惠文王的弟弟，本身没有什么才能，但是因礼贤下士闻名天下，因此得门客千人，其中还有大名鼎鼎的毛遂。后来其救援邯郸，威震列国，成为战国四公子之一。

"未知肝胆向谁是，令人却忆平原君。"高适一腔才华，却无伯乐赏识。这是高适第一次品尝不得志的苦涩：光凭一腔热情横冲直撞并不能实现任何目标。

但认清了真相并不代表高适不得志的结束，这次长安之行只是他漫长求仕之路失败的开始，失败仿佛甩不开的影子一般缠绕着高适。

公元735年，这一年正月，唐玄宗下诏："其或才有王霸之略，学究天人之际，智勇堪将帅之选，政能当牧宰之举者，五品以上清官及军将、都督、刺史各举一人。"

很荣幸，高适获得了举荐，再一次来到长安。但很不幸，三十五岁的高适再一次落第。高适类似这样的被举荐去参加制举考试的经历其实还有好几次。

他的朋友李颀在《答高三十五留别便呈于十一》中写道："累荐贤良皆不就，家近陈留访耆旧。"

高适在族中排行第三十五，因此被称作"高三十五"。可惜多次被举荐的高三十五多次失败而归。怎么办呢？没有机会，就先趴着吧。

失望的高适开始了漫长的蛰伏期，他隐迹梁宋一带，过起了渔猎耕读的生活。但严格说来，高适的这一段时光也不能算作隐居，用"不隐不仕"来形容更为恰当。

"不隐"是因为高适并没有忘记自己的志向，他不是陶渊明式的彻底放弃仕途。"不仕"是因为高适经过几次尝试明白，现在的自己能力并不够，还需要修炼。

第二章 大器晚成：诗人之达者，唯适而已

修炼心性。

刚开始回到梁宋的高适心里自然很苦，"兔苑为农岁不登，雁池垂钓心长苦"。对于农活他干得似乎也不得心应手，《新唐书》中说他"不治生事"，《旧唐书》中写他"不事生业"，以致家贫，"以求丐取给"。穷得都要当乞丐了，这样的落魄，论起盛唐诗人，高适也是独一份。但慢慢地，高适浮躁的心沉淀下来："托身从畎亩，浪迹初自得。雨泽感天时，耕耘忘帝力。"他对农活慢慢熟练，甚至后来变得怡然自得："余亦惬所从，渔樵十二年。种瓜漆园里，凿井卢门边。"

孟子说："故天将降大任于是人也，必先苦其心志，劳其筋骨，饿其体肤，空乏其身，行拂乱其所为，所以动心忍性，曾益其所不能。"

从"心长苦"到淡然处之，高适磨炼了心高气傲、眼高手低的心性，变得沉稳持重。

提升学识。

也许真的是自己学识不够，那就好好读书吧。高适从此手不释卷，即使农耕时也一边踩着水车一边读书，挑灯夜读更是家常便饭。《旧唐书》写高适"年过五十，始留意诗什，数年之间，体格渐变，以气质自高，每吟一篇，已为好事者称诵"。虽然真实的高适并不是五十岁才开始写诗，但是这段时间高适埋首典籍，潜心读书，学

识得到了迅猛提升，写诗歌和文章的才能也与日俱增。

结交人才。

打开高适的朋友圈，我们会惊奇地发现原来高适是个交友能人，盛唐的名人大佬几乎都跟他有过交集：诗仙李白，诗圣杜甫，诗佛王维，七绝圣手王昌龄，边塞诗人王之涣、岑参，北海太守李邕，大书法家颜真卿，开元名相张九龄的弟弟张九皋……

这里面虽然有寻求推荐的成分，但是广交天下英才扩大了高适的视野，也打通了高适的人脉。

行万里路。

高适在这一时期还积极出行，行万里路。去了蓟门，"单车入燕赵"，体验了军营生活；去了沙漠，感受了塞外的漫天大雪，"北望沙漠垂，漫天雪皑皑"；去了名胜古迹怀古凭吊，"题诗碣石馆，纵酒燕王台"；去了东北边陲，领略了边境战事的紧张，写下了"亭堠列万里，汉兵犹备胡。边尘涨北溟，虏骑正南驱"；他甚至还和朋友一起南游荆襄，"同舟南浦下，望月西江里"。

多次漫游不仅丰富了高适的创作题材，激发了高适的写作灵感，更提升了高适的认知，只有躬身入局，身体力行，高适才慢慢看清了大唐盛世的面具下隐藏的危机，才能提出"转斗岂长策，和亲非远图"的清醒看法：皇帝总是寄希望于派个公主和亲来解决边患，

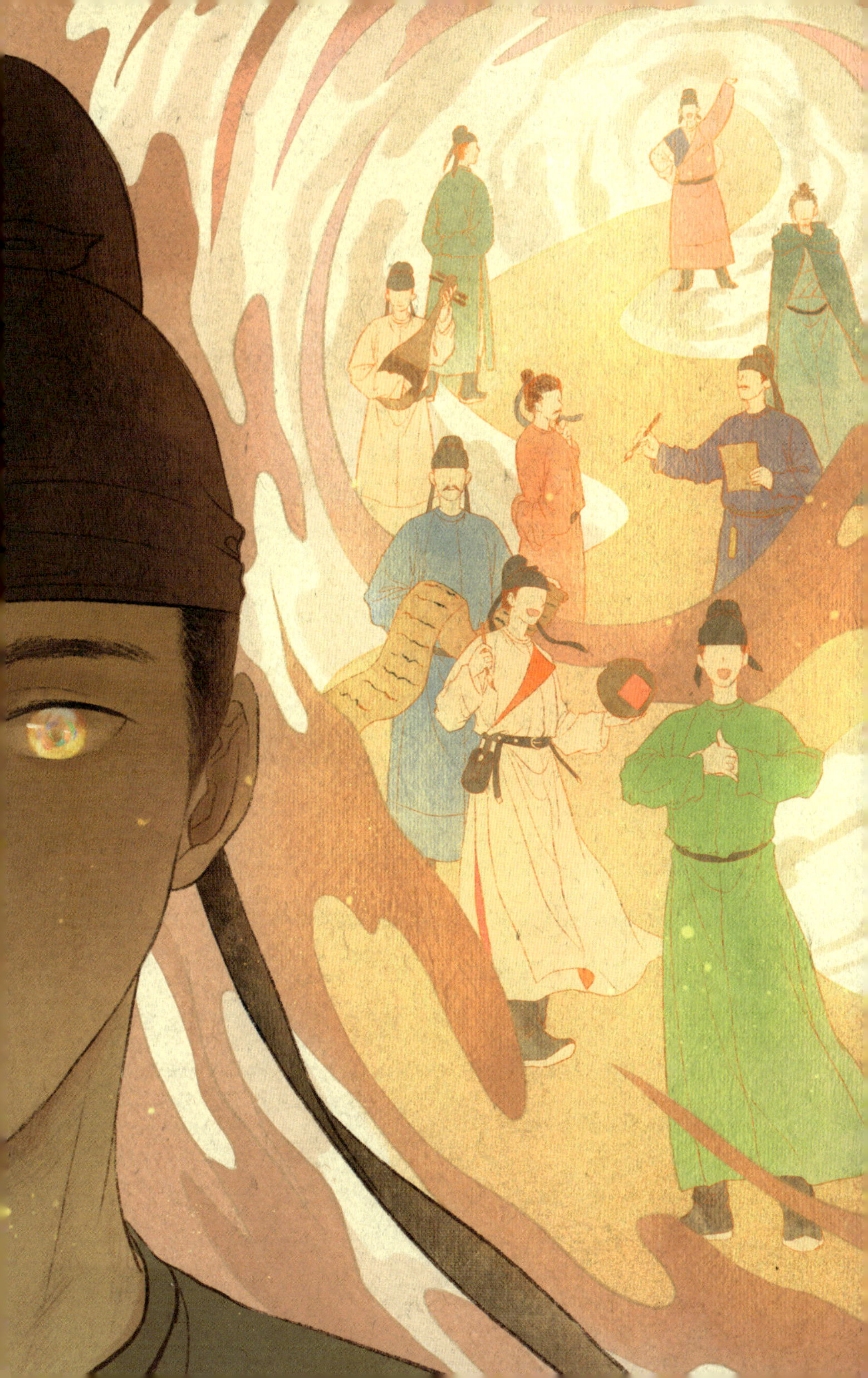

但是想一劳永逸地解决问题还是要靠自身实力。

从公元720年到公元750年,不隐不仕的高适蛰伏了三十年,从他人生的最后一首诗中的"一卧东山三十春,岂知书剑老风尘"还是能看出他有些惭愧的。

想当年东晋名士谢安曾经隐居绍兴郡山阴县的东山,一待就是二十多年,直到四十多岁才出仕,东山再起。谢安六十三岁时面临前秦主苻坚八十万大军压境,毅然出任征讨大都督,坐镇建康,冷静地指挥了著名的淝水之战,用八万人打败了八十万大军,这是历史上罕见的以少胜多的战役,东晋转危为安。谢安因此位列三公,一战成名,大器晚成!

高适以谢安自比,却仍然难掩时光流逝壮志难酬之情。

三十年,人生有多少个三十年?!这三十年,高适写了很多诗,他一生流传下来的二百多首诗有一半是在这个时期写的,包括大名鼎鼎的《燕歌行》《别董大》;这三十年,高适终于稍微有了一些名气,"隐迹博徒,才名便远"。

但是,这三十年的多少个白天,高适漫游在外,发现还是没有找到任何实现抱负的机会;这三十年的多少个夜晚,高适辗转反侧,望着窗外的月光叩问内心,告诉自己不忘初心。

第二章　大器晚成：诗人之达者，唯适而已

二

不忘初心是大器晚成的心法。

公元749年，睢阳太守张九皋惊叹高适的才华，推荐他去参加有道科的考试。

所谓有道科，是在正常科举考试之外，由皇帝亲自主持的一种特殊考试，用来选拔那些有特殊才能或者品德优异之人。

早年和高适有诗文往来的颜真卿也伸出援手，给高适的诗集作序，并向朝中有头有脸的人推荐，终于，唐玄宗下诏，召高适进京。

那是盛夏的三伏天，酷暑难耐，长路的尽头也不知是何方，但高适依然顶着烈日，跋涉十天来到长安赶考，因为对他来说，这是他难得的机会。

答侯少府（节选）
高适

漆园多乔木，睢水清粼粼。
诏书下柴门，天命敢逡巡。
赫赫三伏时，十日到咸秦。

皇天不负有心人,这一次,高适终于高中,接下来便是等待朝廷分配。

公元749年的秋天,高适被授予封丘县尉一职。

封丘县是河南的一个小县城,县尉所管辖的是户籍、租赋、仓库等繁杂事务,这几乎是唐代最低品阶的官吏。

近三十年的等待,本以为能如春秋时期的楚庄王一样,三年不鸣则已,一鸣惊人,没想到却只等来一个九品芝麻小官。

高适有些失望。

咏史

高适

尚有绨袍赠,应怜范叔寒。
不知天下士,犹作布衣看。

战国时的范雎出身贫寒,素有大志,很有才华,但是在魏国一直得不到重用,还得罪了小人须贾。须贾诬告范雎通敌,范雎因此被凌辱殴打,差点丧命。后来范雎装死,改名张禄,逃到秦国,游说秦昭王,成功拜相。须贾不知道,出使秦国时看到故意穿得衣衫褴褛的范雎,以为这个人过得很不好,于是留范雎一起吃饭并给了他一件粗袍子御寒。范雎因此觉得须贾还有人情味在，本想报仇雪恨的他最后选择宽恕须贾。

像须贾这样的小人都知道怜悯、同情范雎，现在天下的人却把有才之人当作普通人。

高适怀才不遇的愤慨溢于言表。

但是能有什么办法呢？当时正值大名鼎鼎的"口蜜腹剑"的李林甫当权，此人靠投机钻营、逢迎皇帝上位，不学无术，因为曾经把"弄璋"错写为"弄獐"闹出笑话，又被称为"弄獐宰相"。他瞧不起读书人，又害怕读书人抢了他的饭碗，因此总是阻挠有才之人入朝为官，历史上有名的"野无遗贤"事件就是他一手造成的。为了蒙蔽皇帝，他用"立仗马"来恐吓、威胁谏官，朝中从此无人谏言。而现在，终于通过科考的高适依然没有见到唐玄宗，"褐衣不得见，黄绶翻在身"，吏治腐败的朝廷只用了一个从九品的小小县尉就打发了他。

留别郑三韦九兼洛下诸公
高适

忆昨相逢论久要，顾君哂我轻常调。

羁旅虽同白社游，诗书已作青云料。

李林甫

第二章 大器晚成：诗人之达者，唯适而已

蹇质蹉跎竟不成，年过四十尚躬耕。
长歌达者杯中物，大笑前人身后名。
幸逢明盛多招隐，高山大泽征求尽。
此时亦得辞渔樵，青袍裹身荷圣朝。
犁牛钓竿不复见，县人邑吏来相邀。
远路鸣蝉秋兴发，华堂美酒离忧销。
不知何日更携手，应念兹晨去折腰。

曾经我不屑微职，如今过了不惑之年，我还是穿上了青袍。青色就是八九品官员的衣服颜色。这首诗看起来旷达，实则反讽，表达了高适对于卑微官职的不满。

经过一番权衡，高适还是选择了赴任，毕竟他心中济世安民的初心还在，如果能够像偶像宓子贱一样造福一方百姓，那么心愿也了了。

初至封丘作
高适

可怜薄暮宦游子，独卧虚斋思无已。
去家百里不得归，到官数日秋风起。

做官伊始,高适并没有把家人带来,一个人在外犹如漂泊的游子。工作之外,高适只能独自对着偌大的空斋发呆,心中很落寞,但是他很快发现,心中不只落寞,还有痛苦。

作为封建王朝底层的官吏,高适的县尉一职其实也承担着"重担"——替朝廷鞭挞百姓、收缴税金,这与他"永愿拯刍荛,孰云干鼎镬"的志向相去甚远,甚至背道而驰。

封丘作

高适

我本渔樵孟诸野,一生自是悠悠者。
乍可狂歌草泽中,宁堪作吏风尘下。
只言小邑无所为,公门百事皆有期。
拜迎官长心欲碎,鞭挞黎庶令人悲。
归来向家问妻子,举家尽笑今如此。
生事应须南亩田,世情付与东流水。
梦想旧山安在哉,为衔君命且迟回。
乃知梅福徒为尔,转忆陶潜归去来。

仕途的开始总是令人开心甚至向往的,高适自然也有这样的心情,他曾一次次畅想自己能像宓子贱一样在封丘县鸣琴而治,但他实际的工作却是:一次次在烈日寒风中奔走于街巷,一次次像其他官吏一样厉声催促农民缴纳杂税,一次次强装笑脸屈身逢迎那些肥头大耳的官员,一次次……高适终于心碎了,琐碎的工作消磨了告别渔樵生活的喜悦,县尉的官职也没有给高适任何施展抱负的机会。梦想很丰满,现实真的很骨感。高适开始有些彷徨,甚至羡慕起辞官的梅福、陶渊明。

原来命运的路上总是暗藏荆棘。

"吏道顿羁束,生涯难重陈。"

公元752年的秋天,高适选择了辞官。既然不能实现自己的抱负,既然满怀鞭挞百姓的痛苦,那就早早结束。这个时候的高适已经年过半百,还有机会,还有时间来实现抱负吗?人生七十古来稀啊!

"我这等人,真的能成大业吗?"

三

"大器晚成"其实最早出自老子的《道德经》:"大器晚成,大音希声,大象无形,道隐无名。"在这里,它是指大的材料需要长时间铸造才能做成器具。

到了东汉时期,名士崔琰有个弟弟叫崔林。崔林年轻时一事无成,亲戚朋友都看不起他,但是崔琰却说:"才能大的人需要磨砺很长时间才能成器(大器晚成)。"后来崔林果然做了司空,他的家族成了后来著名的名门望族——清河崔氏。

这就是后世常用的大器晚成之意的来历。

也许高适这块大器还需要磨砺。

辞官之后的高适来到长安,和岑参、杜甫等人过了一段诗文唱酬的日子。但是他志存高远,内心的那团火还未熄灭,他依然渴望出仕从政,济世安民。和杜甫等人告别后,他来到河西一带,积极寻找新的机会,碰到了哥舒翰的幕府人员,得到了幕府判官田梁丘的赏识和推荐,于是高适扬鞭策马,前去投奔哥舒翰。

自武威赴临洮谒大夫不及因书即事寄河西陇右幕下诸公(节选)

高适

我本江海游,逝将心利逃。

一朝感推荐,万里从英髦。

第二章　大器晚成：诗人之达者，唯适而已

飞鸣盖殊伦，俯仰忝诸曹。

燕颔知有待，龙泉惟所操。

相士惭入幕，怀贤愿同袍。

清论挥麈尾，乘酣持蟹螯。

此行岂易酬，深意方郁陶。

微效傥不遂，终然辞佩刀。

我一生漂泊江湖，年岁蹉跎至今，寸功未立，心中那团火焰依旧未曾熄灭。

还未去真正感受河西的风，但高适已在马上跃跃欲试。

虽然充满期待，但是高适也有对前途未卜的担忧，"微效傥不遂，终然辞佩刀"。如果这次不能实现志向，他就要退隐山林。

这是见过太多失败的人内心建立的防御机制，高适忐忑得令人心疼。他不知道的是，这一次，命运的齿轮终于开始转动。

作为《燕歌行》的粉丝，哥舒翰对高适的才华颇为赏识，就让他在幕府做了掌书记，掌书记负责幕府朝觐、聘问、慰荐等大事，地位仅次于判官，属于哥舒翰军中的高级文职官员了。随后哥舒翰还带高适入朝，在唐玄宗面前极力夸赞高适的才能。

翻山越岭，时光荏苒，终于有了伯乐赏识自己，高适似乎看到

了大好前途在向自己招手，建功立业、实现抱负似乎也在转瞬之间。

但没想到一场战争立刻打破了高适的这种幻想。

公元755年，"渔阳鼙鼓动地来，惊破霓裳羽衣曲"，安史之乱爆发，封常清、高仙芝被杀，无人可用的唐玄宗只能强令中风患病在家的哥舒翰为兵马副元帅，同时任命高适为左拾遗，辅佐哥舒翰镇守潼关。潼关是长安的门户，面对强敌，哥舒翰秉持闭关坚守拖垮对手的方针，但是唐玄宗面对叛军早已昏了头，强令哥舒翰出关与叛军决战。

结果很明显，哥舒翰兵败被俘，他带领的军队全军覆没。潼关失守，唐玄宗仓皇南逃。

高适似乎又回到了原点。

仿佛在沙漠里走了很远的路以为看到了海，走近却发现是海市蜃楼。

多年的努力，多年的沉默，以为终于有了伯乐的赏识提携，自己可以振翅高飞、一展抱负。

但谁料到时运不济啊，一场战争又把高适推回了原地。

高适实在不甘心，从骆谷到河池郡，他不分昼夜快马加鞭、跋涉千里，追上了惊慌失措的唐玄宗，他要讨个说法，他要证明自己。

第二章　大器晚成：诗人之达者，唯适而已

陈潼关败亡形势疏
高适

仆射哥舒翰，忠义感激，臣颇知之，然疾病沈顿，智力俱竭。监军李大宜，与将士约为香火，使倡妇弹箜篌、琵琶，以相娱乐，樗蒲饮酒，不恤军务。蕃军及秦陇武士，盛夏五六月，于赤日之中，食仓米饭，且犹不足，欲其勇战，安可得乎？故有望敌散亡，临阵翻动，万全之地，一朝而失。南阳之军，鲁炅、何履光、赵国珍各皆持节，监军等数人更相用事，宁有是战？而能必胜哉！臣与国忠固争，终不见纳。陛下因此履巴山剑阁之险，西幸蜀中，避其蚕毒，未足为耻也。

陛下，哥舒翰一生忠贞为国，但实在疾病缠身，身体不便，难以指挥，而监军沉湎酒色、统军不力；战士盛夏作战，酷暑炎热，连粗劣的食物都吃不够，又如何能够上阵杀敌？附近友军骑墙观望、各自为战，不愿伸出援手；我多次进言，但是杨国忠始终不愿采纳。因此才导致了陛下西行逃难，其实您不需要深以为耻。

不得不说，高适的智慧、见识、文才在这里展现得淋漓尽致，他分析全面又见解深刻，同时巧妙地为唐玄宗开脱。

李隆基

陈潼失败

唐玄宗看了很开心，立刻擢升高适为侍御史。很快，又下诏擢升高适为谏议大夫，诏书中对高适评价颇高：

"侍御史高适，立节贞峻，植躬高朗，感激怀经济之略，纷纶赡文雅之才。长策远图，可云大体；谠言义色，实谓忠臣。宜回纠逖之任，俾超讽谕之职。可谏议大夫，赐绯鱼袋。"

高适终于获得了官方的肯定。

把危机变成机会，高适抓住了第一次起飞的机会。

百家讲坛的王立群教授曾说："一个人有才华，是需要被别人发现的，被别人发现的这个过程很难，甚至于说很长……人生最困难的是证明自己。"王立群教授还说："人生只有可遇而不可求的才叫机遇，机遇往往比才干更重要，人生如果遇到了好的机遇，往往几年时间，就能完成你一生中间的历史性的转折。"

四

公元756年，永王李璘招兵备战，要割江南而分天下，大唐陷入新的危机。唐肃宗听说高适曾经反对唐玄宗分封诸王，于是找来高适商议对策。高适冷静分析了局势，再一次陈述了自己的独到见解，断言永王成不了大事，必败。

于是唐肃宗任命高适为淮南节度使、扬州大都督长史，率兵平定永王李璘叛乱。

不足一年，高适从从八品的左拾遗升为朝廷三品大员。

命运女神终于对高适露出了笑脸。

不断磨砺才能最终铸成大器。

高适凭借智慧，巧妙运用攻心术瓦解了李璘的军队，几乎兵不血刃就平定了叛乱，避免了唐朝皇室同室操戈，维护了江南的稳定。

这一刻，高适终于实现了自己济世安民的志向。

公元 759 年，高适被任命为彭州刺史，来到蜀地为官，后来履任蜀州刺史、剑南西川节度使等。当时朝廷威望早已不如从前，蜀地多次叛乱。作为蜀地的军政要员，高适多次带领军队身先士卒平叛，安抚地方；又积极发展民生，轻徭薄赋，得到了当地百姓的爱戴。

从扬州到蜀地，高适两任节度使。高适任淮南节度使时期，管辖十二郡，治所在扬州广陵郡。当时国家的经济中心已经南移，扬州成了天下最富庶之地。高适任剑南西川节度使时期，又执掌管理天下第二富庶地区。扬州和蜀地在当时号称"扬一益二"，安史之乱发生以前，都是由唐王朝的同姓王或者朝廷重臣遥领或者执掌，而高适在两地都被朝廷委以重任，完全称得上独当一面，可见朝廷对高适的赏识和厚爱，在同时代的诗人之中，为"显达"之最。

公元764年，在高适的积极呼吁下，剑南东西川终于合并，严武接替高适成为节度使，高适得以回京，升为刑部侍郎，转散骑常侍，很快又被封为渤海县侯，食邑七百户。

出将入相，光宗耀祖，是多少文人的终极理想，高适从二十岁到六十四岁，用了四十多年，经历一次次失败，一次次爬起，一次次迷茫，又一次次重新出发，终于实现了。

"莫愁前路无知己，天下谁人不识君？"

那一刻，不知道高适是否还记得那个大雪纷飞的夜晚，连酒钱都付不起的他却写诗来安慰朋友："不要愁，总有一天，天下人都会认识你。"

他其实也是在安慰当时那个太落魄太压抑的自己啊。

如果说给盛唐的诗人排名，论诗歌，可能高适并不如李白、杜甫、王维那样光芒万丈，但是论政坛才干、文武双全，唯独高适一人，别无其他。

《旧唐书·文苑传下》里写道："开元、天宝间，文士知名者，汴州崔颢、京兆王昌龄、高适、襄阳孟浩然，皆名位不振，唯高适官达。"

只有高适，在时代的风云变幻中，最终拨开了人生的迷雾，见到了乌云背后的天际线。

从布衣到封侯，从求丐到食邑七百户，再到死后追赠礼部尚书，谥号"忠",这是最高级别的美谥了,高适终于实现了人生的逆袭,虽然晚了很久,但大器都晚成。

就像火山的惊艳,是曾在地下积蓄多年,才会在喷发那一刻震惊世界。

就像瀑布的壮观,是曾流转了很多弯路,才会在绝境处蜕变成新的风景。

人人都想少年成名,都羡慕少年天才,但它太需要天赋,需要幸运女神的眷顾,大部分人最好的结局其实是大器晚成,只要耐住寂寞、不忘初心、不断磨砺、抓住机遇,相对于"出名要趁早",大器晚成的果实更甜。

王立群教授说:"大器晚成的人,他没有年少轻狂,没有少不更事。年轮的重叠,使他们更加珍视机遇;岁月的磨砺,让他们事事洞明,人情练达。"

这段话是高适最好的注脚。

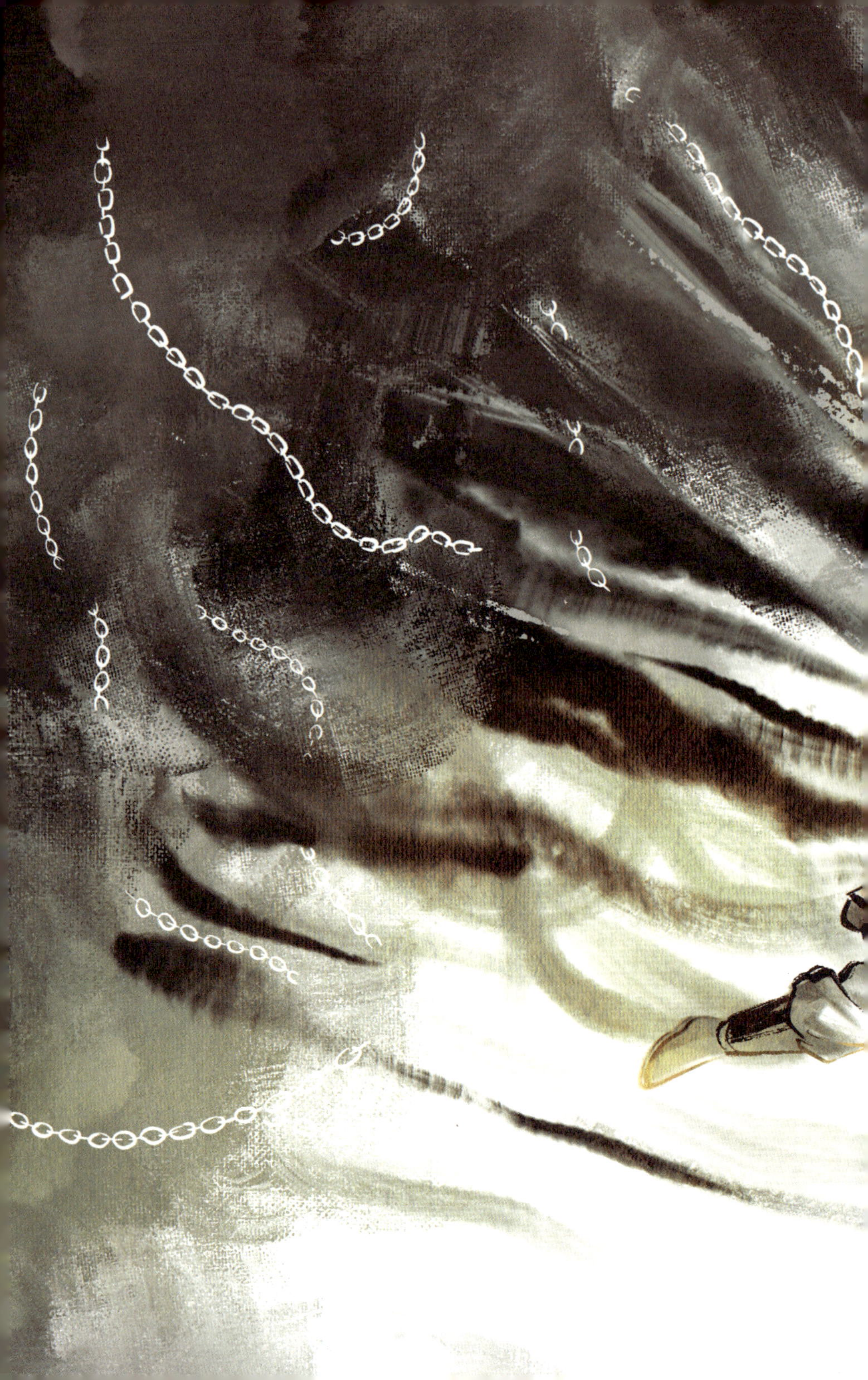

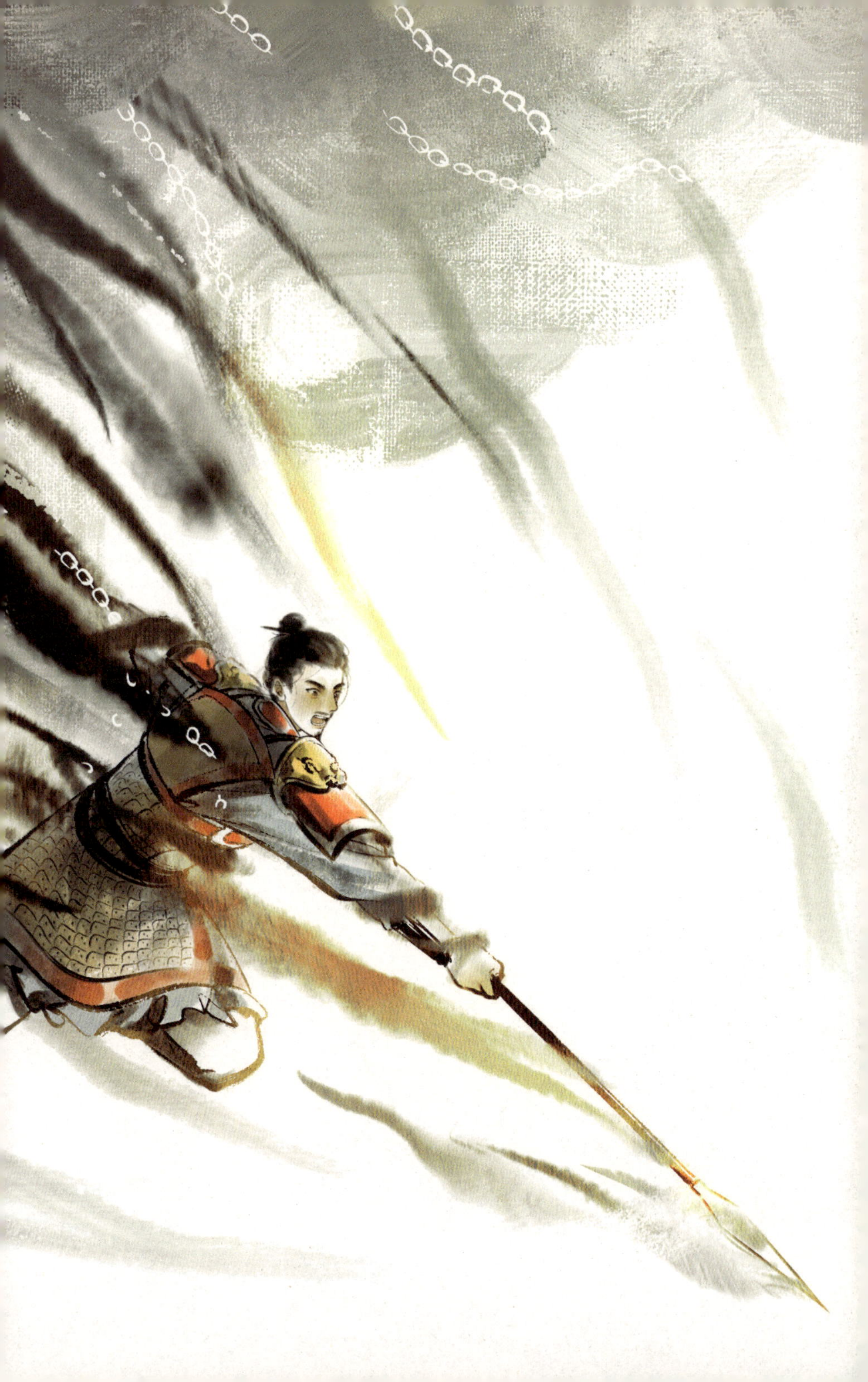

威风
古人

Mighty
ancient

第三章

乐天派：乐观的人生秘籍

人生不如意事十之八九,特别是阅历丰富者更能体会,那我们该怎么面对人生的沟沟坎坎呢?

高适告诉我们:保持乐观豁达,永远保持乐观豁达。

一

分别时要乐观。

公元747年的冬天,在睢阳的一个小酒馆里,高适和好朋友董庭兰觥筹交错,喝得酩酊大醉。

窗外大雪纷飞,亦如他们此时纷乱的思绪。

董庭兰是唐玄宗时期闻名天下的音乐圣手,曾被称赞"高才脱略名与利,日夕望君抱琴至"。他曾因为有才华被吏部尚书房琯欣赏,成为房琯的门客。但是这年春天,房琯因事被贬外地,门庭冷落,董庭兰只能自谋生路,从长安一路流落至睢阳,没想到遇到了高适。

此时的高适,自从开元二十三年(735)赴长安应试落第后,已在此地闲居了十年有余。

一位是断了生路的五十二岁琴客,一位是"年过四十尚躬耕"的落魄文人,两个天涯沦落人,贫困潦倒,甚至此时都拿不出喝酒的钱。

"丈夫贫贱应未足,今日相逢无酒钱。"

但是,高适并没有因此感到沮丧,在呼啸的北风中,他站起身,举起早已喝空的酒杯,大声祝福准备起行的董庭兰:"千里黄云白日曛,北风吹雁雪纷纷。莫愁前路无知己,天下谁人不识君?"

尽管目前尚不知去处,尽管还不知道前程在何方,但没关系,永远不要灰心,永远不要失去希望,总有一天,你会遇到知己,天下之大,有谁不认识你呢?

这就是高适的底色——乐观豁达。

他总能于最艰难困顿时怀揣希望和信心,给他人力量,所以这首《别董大》也成了高适除《燕歌行》以外流传最广的一首诗,千百年来,无数人在送别友人时还是喜欢吟诵这首诗,因为其透露的乐观、自信,总是如寒夜的篝火,温暖着我们。

高适的乐观豁达很多反映在他的送别酬答诗中,比如他给自己的好朋友韦参军写的:"丈夫不作儿女别,临歧涕泪沾衣巾。"

男子汉大丈夫,就算分别,也不要像小儿女那样哭哭啼啼。

董庭兰

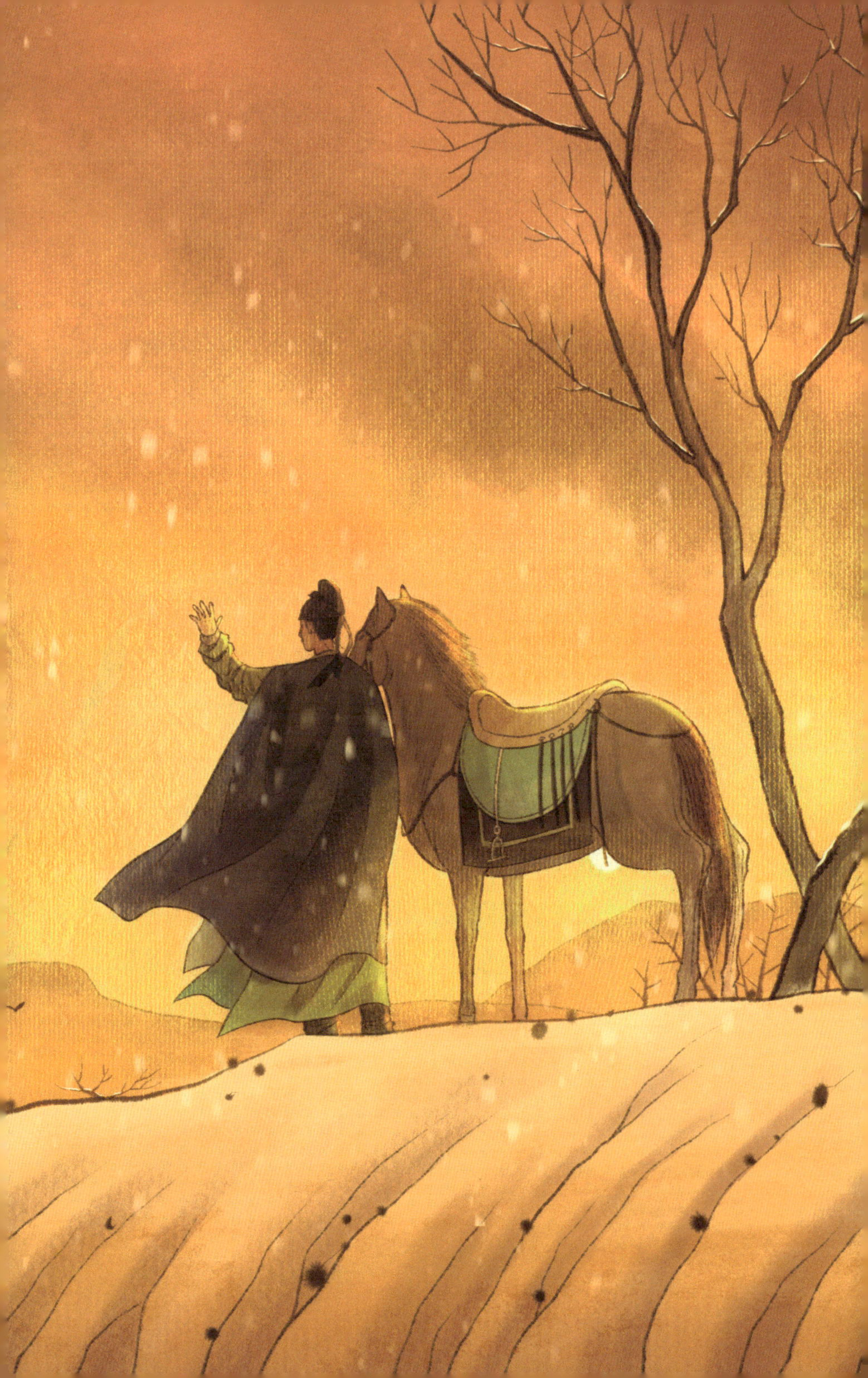

有一次在滑州，高适受邀去参加一个宴席，这个宴席是为一位路过此地的韦司士饯行，他即将渡过黄河，去往远方。宴会张灯结彩，宾客满座，但是面对离别，面对无亲朋好友的远方，喝酒的人也不免内心惆怅，看着窗外的月亮，氛围逐渐清冷了起来。

高适再一次闪耀着一个乐观积极者的光辉，他鼓励韦司士："不要在意一时的离别，我知道你的才能，天地虽大，但是不管到哪里，你都会受到大家的欢迎！"

"莫怨他乡暂离别，知君到处有逢迎。"

余秋雨曾说："这便是唐人风范。他们多半不会洒泪悲叹，执袂劝阻。他们的目光放得很远，他们的人生道路铺展得很广。告别是经常的，步履是放达的。"

古代的交通不发达，两人一旦分别，都是经年累月才能再相见，有些甚至从此都没有机会再见面，所以大多送别诗总是充满哀怨惆怅，感叹再见不易或者伤感分别。比如"劝君更尽一杯酒，西出阳关无故人""洛阳亲友如相问，一片冰心在玉壶""孤帆远影碧空尽，唯见长江天际流"，都带着一抹淡淡的忧伤。高适的送别诗却总是能够在送别的最后一扫阴霾，令人积极向上，这甚至成了他的送别诗特色。比如《送韩九》中的"良时正可用，行矣莫徒然"；《送裴别将之安西》中的"少年无不可，行矣莫凄凄"。

第三章　乐天派：乐观的人生秘籍

他的好朋友刘巨鳞要从中原去往岭外做官，这一路不仅路途遥远，而且南方的瘴疠毒气随时会危及人的生命，也许这一去，两人就是永别。在古代，去到这样山高路远的偏僻之地，很多人都会从此丧失斗志，但是高适在《送柴司户充刘卿判官之岭外》中宽慰朋友道："有才无不适，行矣莫徒劳。"

只要有才就不要怕朝廷不用，不要悲伤，即使在岭外，你也要积极建功立业。

汪国真有一首诗写道："我不去想是否能够成功，既然选择了远方，便只顾风雨兼程。"

是啊，既然我们无法预测未来，在分别的时候何不乐观豁达一点呢？拥有时刻在路上的心态，才能够有勇气开启新的篇章。

二

入世时要乐观。

公元719年，高适的一位从桂阳远道而来的朋友在长安参加科考再次落第，这已经不知道是他多少次失败了，从少年时期开始，一次次努力，却一次次不中，到头来还是个白身，无任何功名，又怎么回去见江东父老呢？朋友看着放榜单，很是沮丧。

十九岁的高适拍着与他年龄相仿的好朋友的肩膀,眼神坚毅,说道:"即今江海一归客,他日云霄万里人。"

虽然现在我们只是失意的江海之人,但是没关系,总有一天,我们会成为闪耀天下的非凡人物。

是啊,我们还年轻,怕什么呢?如果没有风雨的阻挡,又怎么展示我们前进的力量?

男子汉"穷且益坚,不坠青云之志"!

《此木轩论诗汇编》中评价高适:"风流豪迈,是达夫面目。"高适的乐观豁达源于自信,他曾写下"吾谋适可用,天路岂寥廓"。如果我的才能有人赏识,前途就不会茫然无着落。

他始终相信自己终会有用武之地,所以他积极入世,积极去追求自己的理想。

二十岁时,高适文武双全,于是他决心一个人独闯长安。他对未来也无比自信,他觉得王侯将相的赏识对自己来说唾手可得。

"二十解书剑,西游长安城。举头望君门,屈指取公卿。"

这就是年轻的高适,一个无比乐观、无比自信的小伙儿,初入社会时斗志昂扬、无所畏惧,尽管后来碰了壁,但是他初生牛犊不怕虎的积极乐观跨越了时间还在感染着我们。

谁不曾是这样乐观自信的少年?

長安

在高适身上,我们学习到,无论做什么,首先要相信前途是光明的,只有拥有这样的心态,才会有勇往直前的动力。

天宝六载(747)的春天,高适在山东漫游了一圈,拜谒了一堆名人大佬,还是一无所获,只能返乡回家。

到达睢阳的时候,他碰到了好友崔二,两人一起登上了楚丘城,望远怀古。崔二以为高适心情低落,本想安慰几句,但是高适指了指远处的芒砀山,笑道:"公侯皆我辈,动用在谋略。"

芒砀山曾经是刘邦的隐居之地,后来刘邦匡扶天下,一展宏图,开创了四百年大汉朝,建立了何其伟大的事业!

没关系,终有一天我们会位列公侯,只要我们认真思考人生的路径。

高适这番话倒是颇有后来黄巢的霸气:"他日若遂凌云志,敢笑黄巢不丈夫!"

后来,高适和黄巢也都做到了。

据说现代散文大家郁达夫先生的名字就是来自高适的字:达夫。它指的既是高适一生成就之"达",又是其精神之"达"。

似乎从来看不到高适的消极避世,就算偶尔伤感,也像微风吹过湖面暂时泛起的涟漪,很快又恢复平静。他不像李白那样一会儿嚷着"仰天大笑出门去,我辈岂是蓬蒿人",但是遇到挫折后,又

立刻嚷着"人生在世不称意,明朝散发弄扁舟",要退世修道。他也不像杜甫那样把时间多花在哭泣之上:

"天边老人归未得,日暮东临大江哭。"

"少陵野老吞声哭,春日潜行曲江曲。"

"戎马关山北,凭轩涕泗流。"

"夜久语声绝,如闻泣幽咽。"

人生难免有低落伤感的时候,但那不是人生的主旋律,我们虽然不能决定外在的环境,但是我们可以决定自己的心境,那就是相信未来:

相信未来(节选)
食指

当蜘蛛网无情地查封了我的炉台
当灰烬的余烟叹息着贫困的悲哀
我依然固执地铺平失望的灰烬
用美丽的雪花写下:相信未来

人人都喜欢高适这样的朋友,因为他总是让我们热血沸腾,就

李侍御

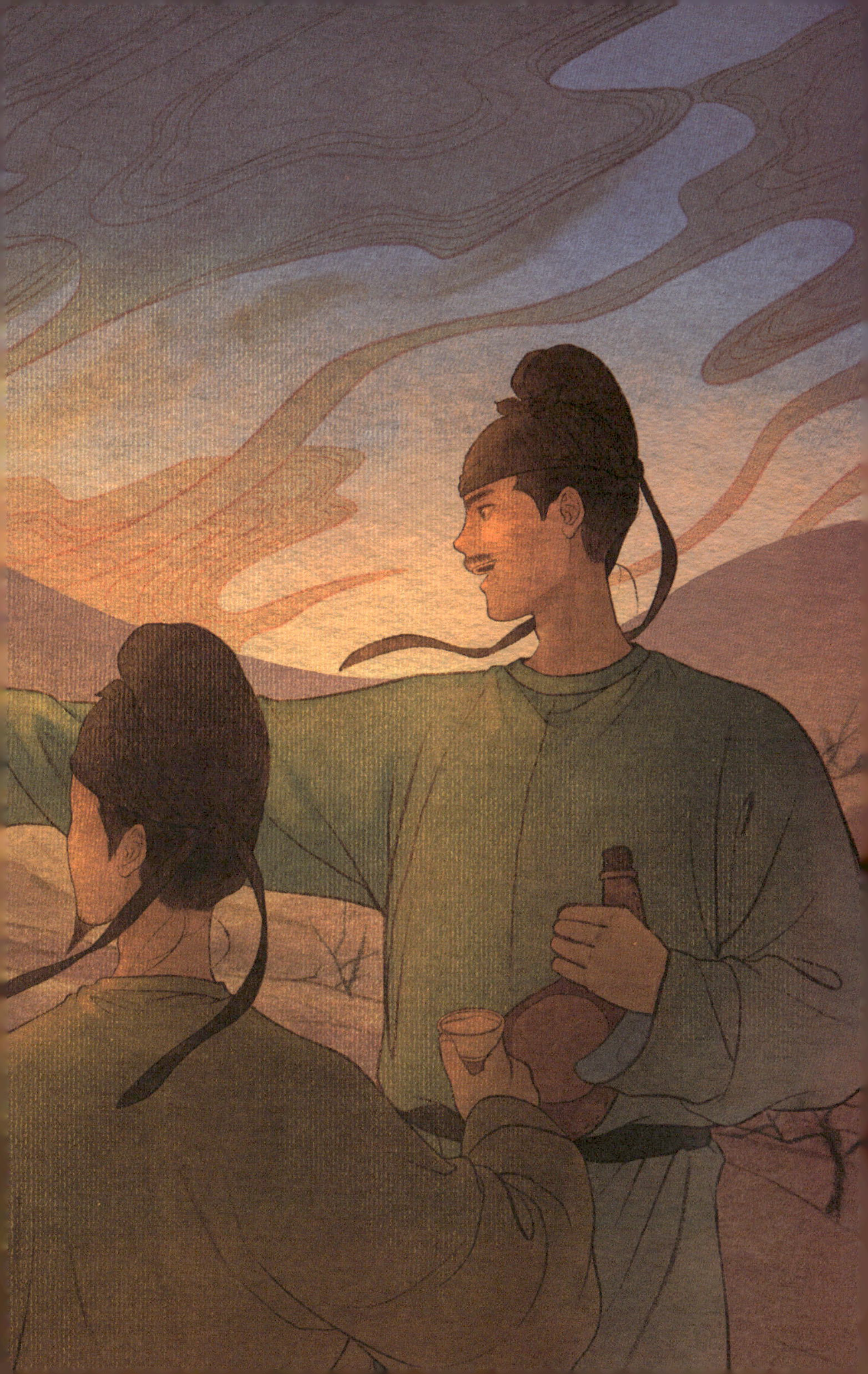

算是暂时的，他也让我们感受到了生命的律动，感受到一团火焰，从小到大，熊熊燃烧，这才是活着的生机。

当李侍御即将远赴安西时，高适挥舞着长剑："功名万里外，心事一杯中。……离魂莫惆怅，看取宝刀雄。"

功名就在万里之外，我对你的期待都在这一杯酒之中。朋友，离别时不要难过，拿起你的宝刀，实现你的理想吧！

当董判官要去边关杀敌时，高适策马远送："近关多雨雪，出塞有风尘。长策须当用，男儿莫顾身。"

边关虽然雨雪很多，塞外的风沙也很大。但是建功立业，杀敌报国，又何须怜惜生命！

当蹇秀才要投笔从戎去往临洮时，高适比自己去还兴奋："倚马见雄笔，随身唯宝刀。料君终自致，勋业在临洮。"

你文则倚马可待，武则宝刀随身。我知道你文武双全，马上封侯的地方就在临洮！

现代作家郑振铎曾评价高适："他的诗也到处都显露出以功名自许的气概。他不谈穷说苦，不使酒骂坐，不故为隐遁自放之言，不说什么上天下地，不落边际的话。他是一位'人世间'的诗人，……为的是一位慷慨自喜的人，又是一位屡次独当方面的大员，所以他的作风，于舒畅中又透着壮烈之致，于积极中更露着企勉之意。"

第三章 乐天派：乐观的人生秘籍

读高适的这类诗，每一首都如同一篇激情飞扬的演讲，看着高适立在山丘之巅，身在白马之上，挥舞着随身携带的宝剑，对着未来指点江山：冲啊，朋友，人生的光明要靠我们手中的剑去创造！冲啊，朋友，越过高山大河，实现理想就在前方的战场！

是啊，大丈夫生于盛世，当积极入世，建功立业！这也是很多人喜欢高适的一个原因，他的身上流动着强烈的盛唐气息：乐观、自信、进取、不屈。

三

遇挫时要乐观。

公元758年春天，高适突然从淮南节度使被贬为东都太子府少詹事，从广陵前往洛阳任职，此时太子李豫早已跟着唐肃宗到了长安，高适到洛阳后成了一个赋闲之人。

为什么刚刚在平定永王李璘之乱中立下汗马功劳的高适会被贬官呢？

这是因为高适得罪了当时权倾一时的宦官李辅国，李辅国嫉妒高适的才华，再加上高适"负气敢言，权近侧目"，李辅国便多次在唐肃宗面前进谗言诋毁高适，高适于是被贬。

从手握实权的一方军事统帅到一个无人问津的闲官,这是高适仕途上遭受的重大挫折,但是高适的心情似乎没有受什么影响,他在广陵告别朋友郑处士,写下《广陵别郑处士》:

落日知分手,春风莫断肠。
兴来无不惬,才在亦何伤。
溪水堪垂钓,江田耐插秧。
人生只为此,亦足傲羲皇。

这是一首看不到任何感伤的告别诗,在落日中,在春风中,高适依然很乐观,因为他坚信只要有才,终有再次出头的时候。这跟他多年沉沦草泽有关,他早已不在乎一时成败,而且就算失败又如何呢?他可以去清澈的溪水边垂钓,还可以去江边的稻田里再次做个农夫,他对自己的能力如此肯定又满足,就算面对古时圣贤的羲皇,他又怕什么呢?

高适既拥有从头再来的勇气,也能坦然接受失败后的处境。

如果一个人内在丰盈和满足,那就不会在意外在的得失,这就是乐观豁达。

到达洛阳赴任后,高适又写下了《见薛大臂鹰作》:

第三章 乐天派：乐观的人生秘籍

> 寒楚十二月，苍鹰八九毛。
> 寄言燕雀莫相啅，自有云霄万里高。

不要在乎燕雀的聒噪，你是展翅高飞的苍鹰，你的舞台是万里云霄。

这当然是暗讽李辅国的小人奸计，但是也展现了高适就算被打击也永不放弃的积极心态。

高适在被贬洛阳期间，他有个朋友也被贬了。

送崔功曹赴越
高适

> 传有东南别，题诗报客居。
> 江山知不厌，州县复何如。
> 莫恨吴歈曲，尝看越绝书。
> 今朝欲乘兴，随尔食鲈鱼。

虽然"同是天涯被贬人"，高适的心态却极其放松，他甚至羡慕起被贬到越州的崔功曹，因为此去吴越，不仅可以欣赏如天堂一般的江南秀丽山水,还有机会听听柔美灵动的吴曲,再翻翻奇书《越绝书》,当然更重要的是,吴越遍地美食,有鲜美的莼菜羹,还有精致的鲈鱼脍……想着想着,高适甚至都馋起来了,他还打趣朋友说自己要学东晋时期的王子猷,某一天要趁兴而来拜访朋友……

这哪里是贬官?这简直是公费旅游。

乐观的高适总能把最坏的处境当作命运最好的安排,三言两语就打消了朋友的忧思。

被贬是一个人仕途中的低谷,自然令人惆怅,古往今来,很多人因被贬而从此一蹶不振,比如汉朝的贾谊,因被贬到长沙,常常暗自神伤,看见一只猫头鹰都认为是不祥之兆,以为自己寿命不长了;比如唐朝的柳宗元被贬永州后,心情低落,写下了"千山鸟飞绝,万径人踪灭",客死他乡。

但是失望、挫折从来没有动摇高适为实现自己的主张和抱负而积极追求的决心,他永远洋溢着一股雄健昂扬、热情奔放的乐观情绪。

还有一次,他的朋友田少府被贬往遥远的苍梧,这是广西一个很偏僻的地方。在古代,就算被贬也是分不同级别的,离京城越远,被起用的概率越低。田少府情绪很低落,不知道何时还能再回中原。高适说道:"丈夫穷达未可知,看君不合长数奇。江山到处堪乘兴,杨柳青青那足悲。"

大丈夫的穷达谁也说不定，况且一个人不可能长久处于低谷。江山到处是风景，看看这青翠的杨柳，有什么值得悲伤的呢？

在中国传统文化中，有灞桥折柳的典故，柳因为它娇弱的身姿和同"留"的谐音，成了送别的代表词，它一般是表达离别的愁绪和不舍之情，但是在高适眼里，此时的柳并没有离别伤感的意义，它迎风摇曳，是如此可爱且富有生气。

高适很会安慰人，在他眼里，挫折、低谷都是暂时的，只要我们乐观豁达一点，只要永不放弃，终有一天我们会实现自己的目标。

这总让人想起普希金的一首诗《假如生活欺骗了你》：

假如生活欺骗了你，

不要悲伤，不要心急！

忧郁的日子里须要镇静：

相信吧，快乐的日子将会来临。

心儿永远向往着未来；

现在却常是忧郁：

一切都是瞬息，一切都将过去；

而那过去了的，就会成为亲切的怀恋。

是啊,飘风不终朝,骤雨不终日。有时候,就差一点积极的自我鼓励:再坚持一会儿,就好了。

清朝的贺裳曾在《载酒园诗话又编》中评价高适为什么能成为盛唐诗人中唯一的"诗人达者":"今读其诗,豁达磊落,寒涩琐媚之态去之略尽。如《送田少府贬苍梧》曰:'丈夫穷达未可知,看君不合长数奇。'《赠别晋三处士》曰:'爱君且欲君先达,今上求贤早上书。'《九日酬颜少府》曰:'纵使登高只断肠,不如独坐空搔首。'《崔司录宅燕大理李卿》曰:'饮醉欲言归剡溪,门前驷马光照衣。路傍观者徒唧唧,我公不以为是非。'眉宇如此,岂久处坞壁!"

豁达磊落,乐观积极,身处泥泞却仍然仰望星空,这样的人怎么会永远陷入泥泞之中呢?

一语中的。

命运总会眷顾乐观积极的人。

四

如果说选一位最能代表盛唐气质的诗人,那一定是高适。

盛唐,国土辽阔,国力强盛,四夷臣服,万国来邦。它洋溢的是大气包容的格局，更是积极乐观的进取精神。这种特质非高适莫属。

郑振铎在《插图本中国文学史》中对高适的性格大加赞赏："他虽没有王维、孟浩然的澹远，李白的清丽奔放，却自有一种壮激致密的风度，为王、孟他们所没有的。"

高适就算贫困，他也甘之如饴，朋友李颀评价他说："五十无产业，心轻百万资。屠酤亦与群，不问君是谁。"就算"年过四十尚躬耕"，他也摆摆手毫不在意："长歌达者杯中物，大笑前人身后名。"就算没有人赏识，他亦能独自起舞。

同鲜于洛阳于毕员外宅观画马歌（节选）
高适

始知物妙皆可怜，燕昭市骏岂徒然。

纵令剪拂无所用，犹胜驽骀在眼前。

就算千金买马的燕昭王不在，我也会自己时时修整擦拭，保持千里马的状态和姿态，因为这胜过像驽马一般虚度时光。

高适基本不受佛家、道家的影响，因为他不需要放弃或者躲避，他是坚定向前的儒家，齐家、治国、平天下，大丈夫生居天地间，

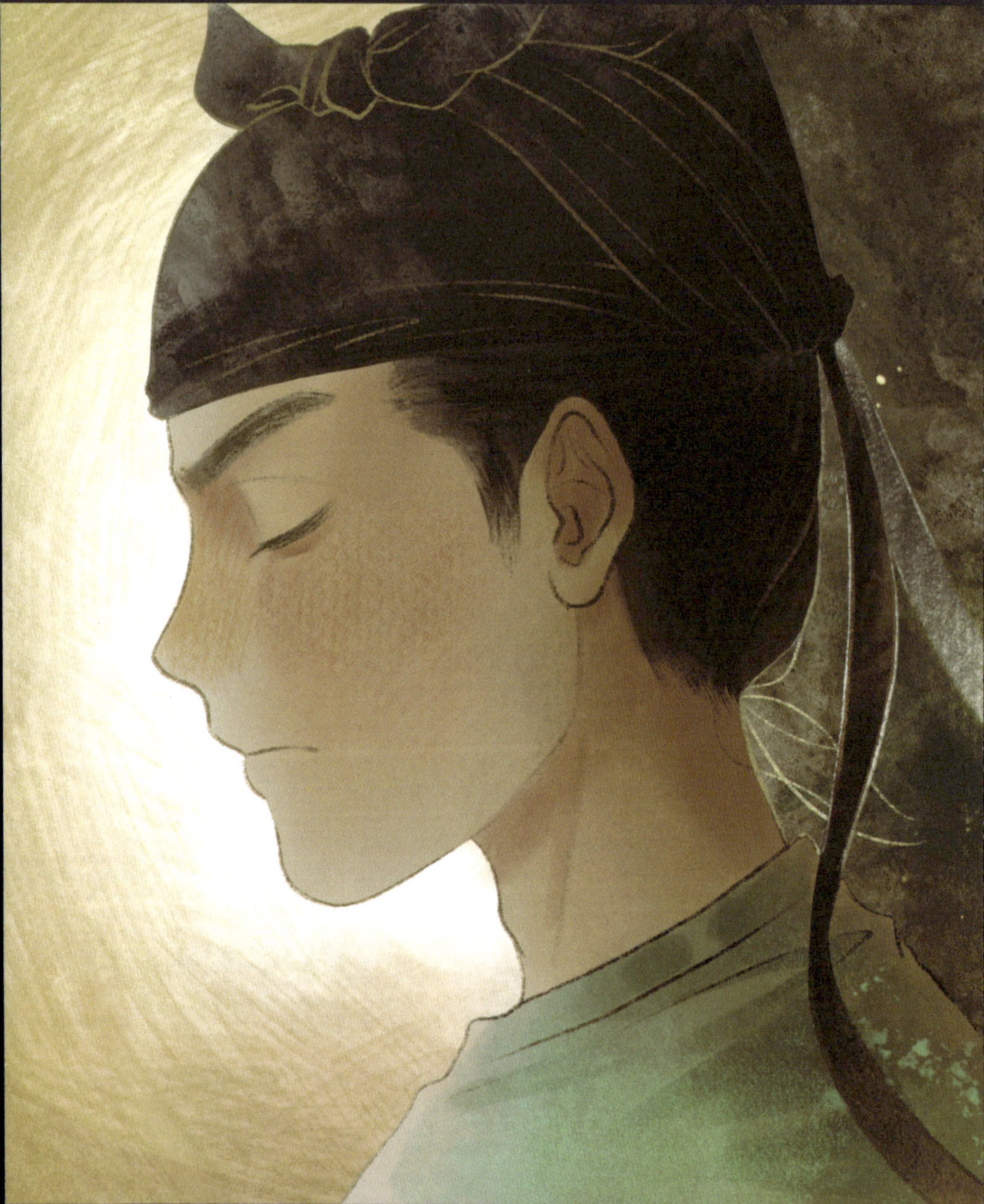

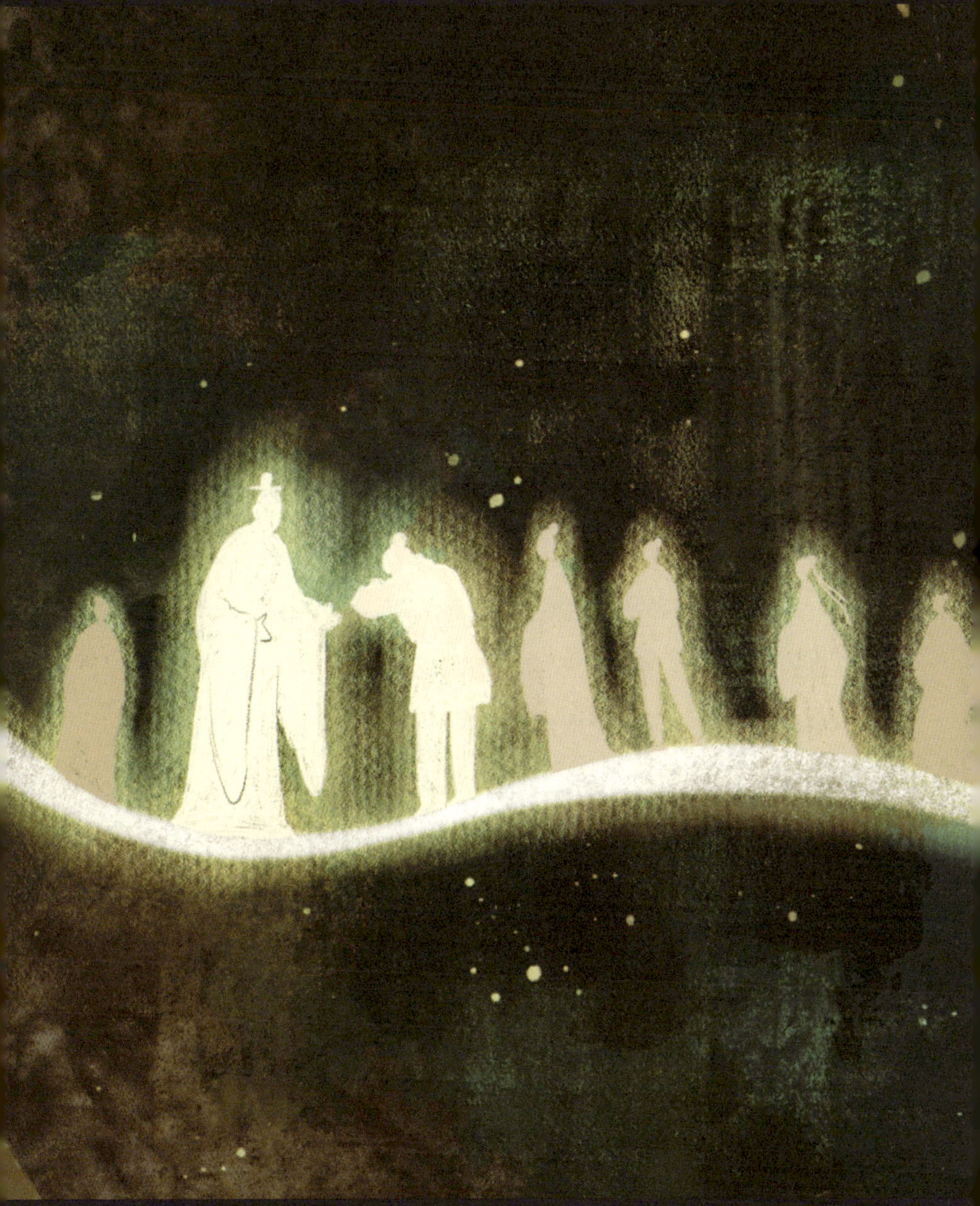

当马革裹尸，报效国家！这就是高适。

怀才不遇算什么？低谷挫折算什么？"万里不惜死，一朝得成功。画图麒麟阁，入朝明光宫。"我高适是最终要进麒麟阁的人，那些只知道埋首故纸堆的文人怎么会懂？

这就是高适的乐观豁达。

佘正松教授曾说："读高适的诗，那如骏马注坡，鹰击长空的雄放之气，无不动人心魄。这些诗，不但展示出蓬勃向上、璀璨壮美的'盛唐气象'，同时也凸现出诗人性格豪爽、抱负远大和刚毅勇敢的精神面貌。"

就像高适写的那篇《奉和李泰和鹘赋》："别有横大海而径度，顺长风而一写。投足眇于岩巅，脱身逸于弋者。冰落落以凝闭，雪皑皑而飘洒。谅坚锐之时然，宁苦寒以求舍。匪聚食以祈满，聊击群以自假。比玄豹之潜形，同幽人之在野。矧其升巢绝壁，独立危条。心倏忽于万里，思超遥于九霄。岂外物之能慕，曷凡禽之见邀。未知鸳鹭之所以，孰与夫鹏鹦之逍遥云尔哉！"

这是他落魄时和李邕《鹘赋》而作，与有吃有喝被人豢养的鹘相比，他宁可选择做横渡大海迎风飞翔的鹘，就算有忍饥挨饿的风险，他也要凭借自己的力量在悬崖绝壁之上筑巢。虽然有失去生命的风险，但是他的理想在九霄云外，而不是像鸳鸯、白鹭之类偏安一隅⋯⋯

"天行健,君子以自强不息。"自强者,从不悲观。

就像他写的那首《咏马鞭》:

龙竹养根凡几年,工人截之为长鞭,一节一目皆天然。
珠重重,星连连。绕指柔,纯金坚。绳不直,规不圆。
把向空中捎一声,良马有心日驰千。

乐观的心态就像这马鞭,当你"不直"时,它会让你"直";当你不"圆"时,它会让你"圆"。它帮你应对人生中的风霜雨雪、崎岖不直,有了它,我们只需要在空中轻轻挥舞它,就能披荆斩棘,一日千里。

如今的时代,竞争更加激烈,内卷越来越常见,希望每个人都像高适一样做一只自强之鹘,"心倏忽于万里,思超遥于九霄",在生命的天空自由翱翔;希望每个人手中都握着这根"乐观积极"的马鞭,在人生的长路上奋力向前!

古人威风

MIGHTY
ANCIENT

第四章

农民：大唐第一农民诗人

一

在成为将军之前,高适当了很长时间的农民,可以说,他几乎是唐朝最早的农民诗人。

第一次游历长安求官失败后,高适便回到宋州,一边当农民,一边读书等待机会。

那时他才二十岁。

"兔苑为农岁不登,雁池垂钓心长苦。"

在兔苑开垦田地,收成却很差,高适一开始就尝到了苦头,原来当个合格的农民比写诗还难。

这是他当农民的第一个阶段:心长苦。

《旧唐书》里记载高适"家贫,客于梁、宋,以求丐取给",描述的正是这个时期的高适。当一个农民并没有那么简单,因此高适过得很清贫,"未尝一日辞家贫",甚至一度要靠他人接济才能勉强填饱肚子。

第四章　农民：大唐第一农民诗人

但是为了生存,高适也在不断适应农民这个身份。向那些熟练耕作的农民学习后,渐渐地,高适的农活也越做越好了。

"托身从畎亩,浪迹初自得。雨泽感天时,耕耘忘帝力。"

在尧帝时期,有一首很著名的民谣叫作《击壤歌》:

日出而作,日入而息。

凿井而饮,耕田而食。

帝力于我何有哉?

"日出而作,日入而息"现在已经成为农耕生活的代名词。高适在不断的实践中,也终于慢慢感受到作为一个农民的"自得",并懂得顺应天时地利来安排农活。

这是他作为农民的第二个阶段:自得。

后来高适搬家来到淇水旁,继续当农民:

淇上别业
高适

依依西山下,别业桑林边。

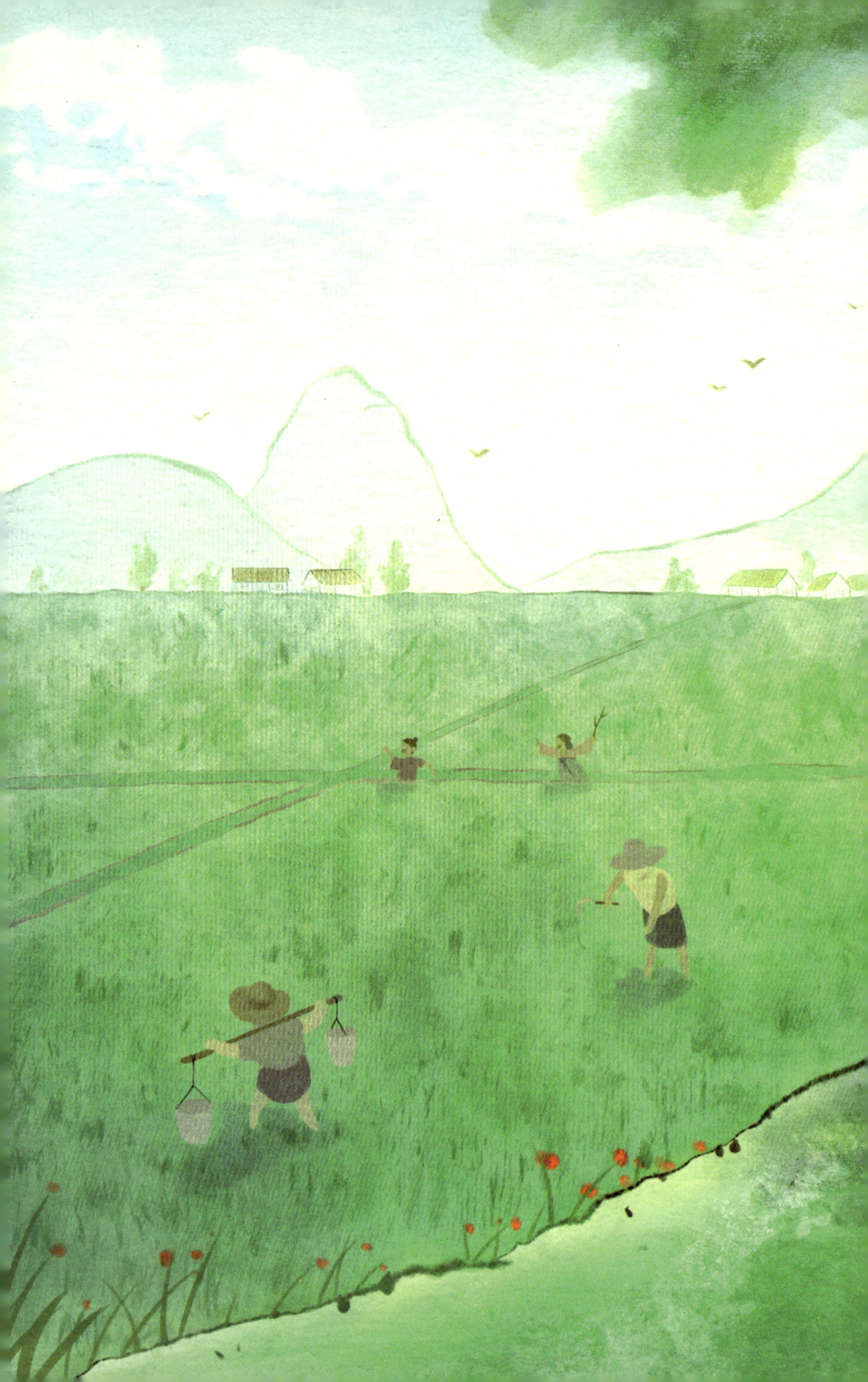

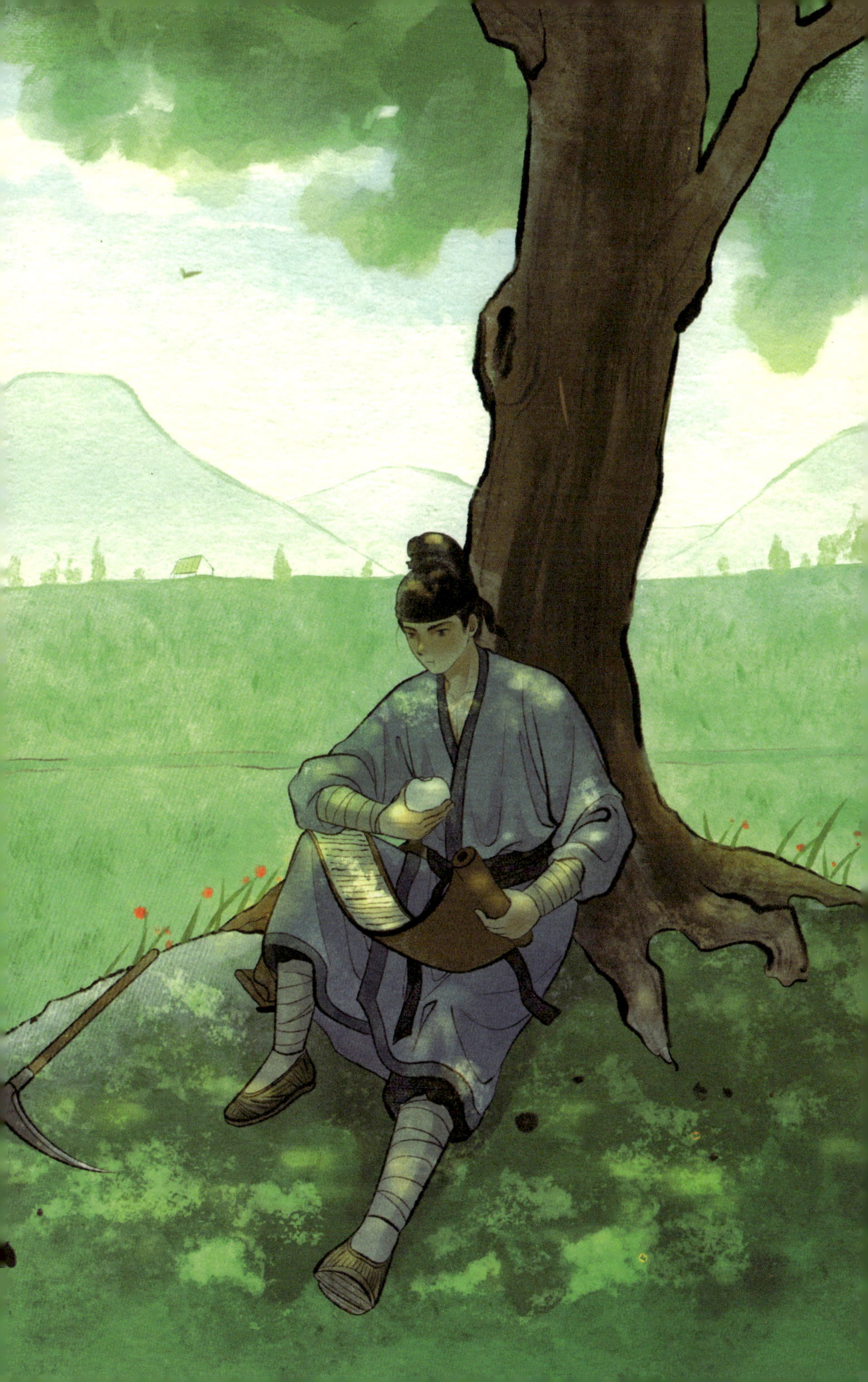

> 庭鸭喜多雨,邻鸡知暮天。
> 野人种秋菜,古老开原田。
> 且向世情远,吾今聊自然。

院子里养的鸭子喜欢下雨的天气,邻舍的鸡群天一黑就知道回家,好像它们知道时间似的。我种着秋菜,老人在开垦新的田地。

好一幅悠闲的农家生活图景。

这种恬淡自然的心态表明高适已经是一个老农民了,他似乎忘却了功名,真的和农村生活融为一体,这也是高适的生命中一段难得的惬意时光。

他后来在《途中酬李少府赠别之作》中还很深情地回忆过这一段时光:

> 余亦惬所从,渔樵十二年。
> 种瓜漆园里,凿井卢门边。

但是后来,他在睢阳的生活又陷入了困顿之中。"苦战知机息,穷愁奈别何",那时候他已经年过不惑,原来当了这么长时间的农民,还是摆脱不了贫困。

第四章　农民：大唐第一农民诗人

"长卿无产业，季子惭妻嫂。"

他想起了西汉一贫如洗的司马相如和战国时期周游列国多年却仍然穷困的苏秦，现在他和他们有了共同点。

这是高适作为农民的最后一个阶段：穷愁。

正是这段近三十年的农民经历，让高适比其他开元时代的诗人更懂农民，比起已经成了人民诗人的代名词的杜甫，高适——这位真正身体力行长期从事农业生产的诗人，其实更应该被称作人民诗人。

因为高适更懂农民的苦。

二

公元742年，高适从淇县渡过黄河，欲前往滑台过冬，在路上遇到一位老农夫，便与他攀谈。

"收成如何？"

"去年秋天稻谷虽然熟了，但是收成一般，今年从夏天至现在一直没有下雨，稻田无水，估计难了，比去年更糟。"

"劳作怎么样？"

"每天日出而作，日入而息，家里人都来帮忙，但是田地土质不好，租税又没有丝毫减少，日子难啊。"

"还有其他的收入吗?"

"还有啥啊,连地里的蔬菜都吃完了。我已经六十岁了,却没有任何多余的家产,家里的老大岁数大了,但也没有钱娶媳妇……"

高适听了,一时怅然,也不知说什么,就算此时自己有任何经世济民的良策,也没有机会进献给明主。

只能感叹一句:"农民苦啊。"

游国恩曾在《中国文学史》中写道:"在开元时代诗坛上,高适是首先接触到农民疾苦的诗人。"

开元盛世一直为世人津津乐道,当杜甫描绘着"忆昔开元全盛日,小邑犹藏万家室。稻米流脂粟米白,公私仓廪俱丰实"的盛世画卷,王维高唱着"九天阊阖开宫殿,万国衣冠拜冕旒"的太平赞歌,李白吹嘘着"云想衣裳花想容,春风拂槛露华浓"的美艳后宫时,高适却敏锐地看到了它的另一面——农民不容易。

苦雨寄房四昆季(节选)
高适

泥涂拥城郭,水潦盘丘墟。

惆怅悯田农,裴回伤里闾。

> 曾是力井税,曷为无斗储。
> 万事切中怀,十年思上书。

土地兼并严重,农民所拥有的土地越来越少,能收获的粮食自然越来越少,赋税却一直在涨,家里甚至连一斗米的储备都没有。

高适一定是体会过其中的辛苦与矛盾,所以他才惆怅,甚至一直想着为农民上书进言,只可惜当时人微言轻,无人肯听。

难能可贵的是,比起那些只会纸上谈兵述说农民之苦的诗人,高适更看到了造成农民之苦背后的原因,并找到了有效的应对措施。

东平路中遇大水(节选)
高适

> 傍沿钜野泽,大水纵横流。
> 虫蛇拥独树,麋鹿奔行舟。
> 稼穑随波澜,西成不可求。
> 室居相枕藉,蛙黾声啾啾。
> 乃怜穴蚁漂,益羡云禽游。
> 农夫无倚着,野老生殷忧。

李成器

李隆基

圣主当深仁,庙堂运良筹。

仓廪终尔给,田租应罢收。

我心胡郁陶,征旅亦悲愁。

纵怀济时策,谁肯论吾谋?

公元745年,高适在前往汶阳的路上,路过东平,正好遇上河南、山东、安徽一带发生大范围的洪水。

放眼望去,真是一片灾难:洪水肆无忌惮,淹没了农田、旷野,白茫茫的一片。在一片汪洋中,虫蛇只能紧紧依靠着残存的树木;被洪水冲散的麋鹿看见船,纷纷冲过来,想要搭载;趴在杂物上只能随水漂流的青蛙发出阵阵哀鸣;地上的蚂蚁看着空中的飞禽一定很羡慕吧,因为它们的蚂蚁窝都被洪水冲毁了。更别提庄稼了,农田都被淹了,收成自然也没有了。百姓溺死的很多,尸体纵横相枕,实在不忍细看,还活着的人看着倒塌的房屋、死去的亲人,只能相对泪千行,他们的衣食住行又有谁来负责呢?

目睹这些惨状的高适心中悲恸不已,但是他并没有简单停留在情绪之上,而是提出了切实可行的赈灾措施:圣明的皇帝要颁布赈灾措施,首先开仓济民,稳住现在活着的灾民;其次罢收田租,减轻农民的负担,让农民慢慢恢复生产。

第四章 农民：大唐第一农民诗人

可以说，高适的这些建议是非常接地气的，也集中展现了高适关怀农民的忧患意识，这一点，即使后来中唐时期盛行的农事诗都比不过他。他从来不是单纯地同情农民，而是积极思考，为农民寻求更好的出路，即使他自己还只是一介布衣。

要改变农民的苦，就需要仁政和良吏。

高适不止一次在诗中呼吁甚至讽喻君主要圣明，官吏要贤能。

古歌行（节选）
高适

苍生偃卧休征战，露台百金以为费。

田舍老翁不出门，洛阳少年莫论事。

汉朝的汉文帝是一位圣明的皇帝。有一次他打算修建一座露台，于是召集工匠计算费用，发现需要百金才能完工，便放弃修建露台。群臣不解，他便解释道："百金相当于十家中产之家的全部财产，我不能为了自己享乐，而浪费这么多钱财。"

汉文帝的所作所为和当时的唐玄宗正好形成鲜明对比，开元后期的唐玄宗日渐奢靡，追求享乐，不仅如此，《资治通鉴》中记载他曾带领群臣视察国库,看到满满的金银玉帛,便毫无节制地赏赐近臣,却不知这些其实都是权臣搜刮上来讨好他的民脂民膏。

高适用汉文帝的露台典故正是希望唐玄宗能够停止挥霍,轻徭薄赋,减轻百姓负担。

当然,和老百姓具体打交道的还是各级官吏。在高适眼里,贤能的官吏能够重视农业生产,关心人民疾苦,使百姓安居乐业。

过卢明府有赠

高适

良吏不易得,古人今可传。

静然本诸己,以此知其贤。

我行挹高风,羡尔兼少年。

胸怀豁清夜,史汉如流泉。

明日复行春,逶迤出郊坛。

登高见百里,桑野郁芊芊。

时平俯鹊巢,岁熟多人烟。

奸猾唯闭户,逃亡归种田。

回轩自郭南,老幼满马前。

第四章　农民：大唐第一农民诗人

> 皆贺蚕农至，而无徭役牵。
> 君观黎庶心，抚之诚万全。
> 何幸逢大道，愿言烹小鲜。
> 能奏明廷主，一试武城弦。

这是高适笔下理想的官吏：他以身作则，高风亮节；他政简刑宽，又善于用礼乐教化导民向善，使奸佞狡猾之徒无立足之地，让治内路不拾遗、夜不闭户，百姓生活富足。

高适多次在诗中称赞良吏，不仅有古代的良吏，更多是赞许当世的良吏。"宓子昔为政，鸣琴登此台。琴和人亦闲，千载称其才"，这是对古时的单父县令宓子贱"鸣琴自治"的称赞。《东平旅游奉赠薛太守二十四韵》中写道："一麾俄出守，千里再分忧。不改任棠水，仍传晏子裘。歌谣随举扇，旌旆逐鸣驺"，称赞薛思贞任东平太守以来清廉自守，以仁义安民。在《真定即事奉赠韦使君二十八韵》中，他又把韦使君韦济比作东汉时期的蜀郡太守廉范和春秋时期的齐国相国管仲，称赞他施政有方，百姓深得其惠，"方伯恩弥重，苍生咏已苏。郡称廉叔度，朝议管夷吾"。

不仅如此，高适还经常劝勉自己做官的朋友为百姓谋福祉。高适早期接触的很多朋友官职其实并不高，多是少府、参军、兵曹之类的下层官吏。虽然官职不高,也并没有多大的权力来去除民生疾苦,但他们是最接近百姓的官,最直面百姓生存的官,所以高适的劝勉才更显忧民意识。

途中酬李少府赠别之作(节选)
高适

终嗟州县劳,官谤复迍邅。
虽负忠信美,其如方寸悬。
连帅扇清风,千里犹眼前。
曾是趋藻镜,不应翻弃捐。

少府就是县尉,高适鼓励李少府像晋代"扬风仁政"的袁宏学习,积极辅佐县令,为百姓着想,多施仁政。

饯宋八充彭中丞判官之岭南(节选)
高适

彼邦本倔强,习俗多骄矜。

第四章　农民：大唐第一农民诗人

翠羽干平法，黄金挠直绳。

若将除害马，慎勿信苍蝇。

魑魅宁无患，忠贞适有凭。

朋友宋八调任南海太守、岭南经略使彭果幕府判官，那里吏治腐败，豪强肆虐，贪污成风，高适则勉励朋友忠贞自守，不要和贪官污吏沆瀣一气，而要为百姓剪除害群之马。

这些是高适的呼吁，也是高适的内心投射，更是他对百姓的忧心关切。如果有为人民着想的官吏，人民的生活又怎么会得不到改善呢？

三

公元749年，年近半百的高适终于通过有道科考试，被授予河南封丘县县尉一职，这是一个九品芝麻小官。据《唐六典·三府督护州县官吏》记载，县尉的职责包括亲理庶务、分判众曹、割断追催、收率课调。在唐代县级政府行政机构中，县令是长官，负责统筹全县之政务；县丞是副长官，辅佐县令行政；主簿是勾检官，负责勾检文书，监督县政；而具体负责执行办事的其实就是县尉。

作为执行县长命令、具体和百姓打交道的人，高适在一次次的工作中亲眼见到了封建官吏对于百姓的压迫，催不完的税、收不完的租、捕不完的罪犯，心中十分郁闷，这实在有悖他经世济民的理想，也更让从底层走上来深知百姓之苦的他心中倍感痛苦。

"拜迎官长心欲碎，鞭挞黎庶令人悲。"

他当了那么多年的农民，当然知道农民的不容易，如今自己翻身成了官吏，又怎么忍心再去压迫他们呢？

高适愤然选择了辞职。

"乍可狂歌草泽中，宁堪作吏风尘下。"

虽然渴求了半生才进入仕途之门，但是高适还是选择了心中的道义，他不会去做剥削百姓的官，"自堪成白首，何事一青袍"。

人民的诗人永远站在人民这一边。

在封建时代，身为布衣时同情农民的诗人有很多，比如大名鼎鼎的农民诗人李绅，他年轻时写下的"锄禾日当午，汗滴禾下土。谁知盘中餐，粒粒皆辛苦"曾感动过多少人，但是他一旦身居高位就忘了初心，生活奢靡，处处追求享受，据说曾经为了吃一盘鸡舌而一顿饭杀掉几百只鸡，早已忘却了"粒粒皆辛苦"，屠龙少年终究成为恶龙。

这样的例子越发衬托高适的可贵，他不忘初心，也不愧于"大唐第一农民诗人"的称号。

高适不仅不愿意压迫百姓,甚至在视百姓性命如草芥的安史之乱时期,也总是对百姓关怀备至,时刻挂念百姓安危。

公元756年,叛军携十几万士兵围攻睢阳,意图拿下这个江淮要冲之地。叛军来势汹汹,且还有突厥、奚等部族的精锐兵力,而睢阳守将张巡这里只有区区几千名士兵,实力悬殊,睢阳百姓很快陷入了困境,粮食都吃完了,开始吃树皮、纸张、老鼠,甚至后来开始吃人。

当时正在江南平定李璘叛乱的高适听到家乡睢阳被围,百姓生死难料,忧心忡忡,因为自己现在任务艰巨,所以连忙写信给睢阳附近的贺兰进明、许叔冀等人,希望他们伸手援助。

酬河南节度使贺兰大夫见赠之作
高适

高阁凭栏槛,中军倚旆旌。

感时常激切,于己即忘情。

河华屯妖气,伊瀍有战声。

愧无戡难策,多谢出师名。

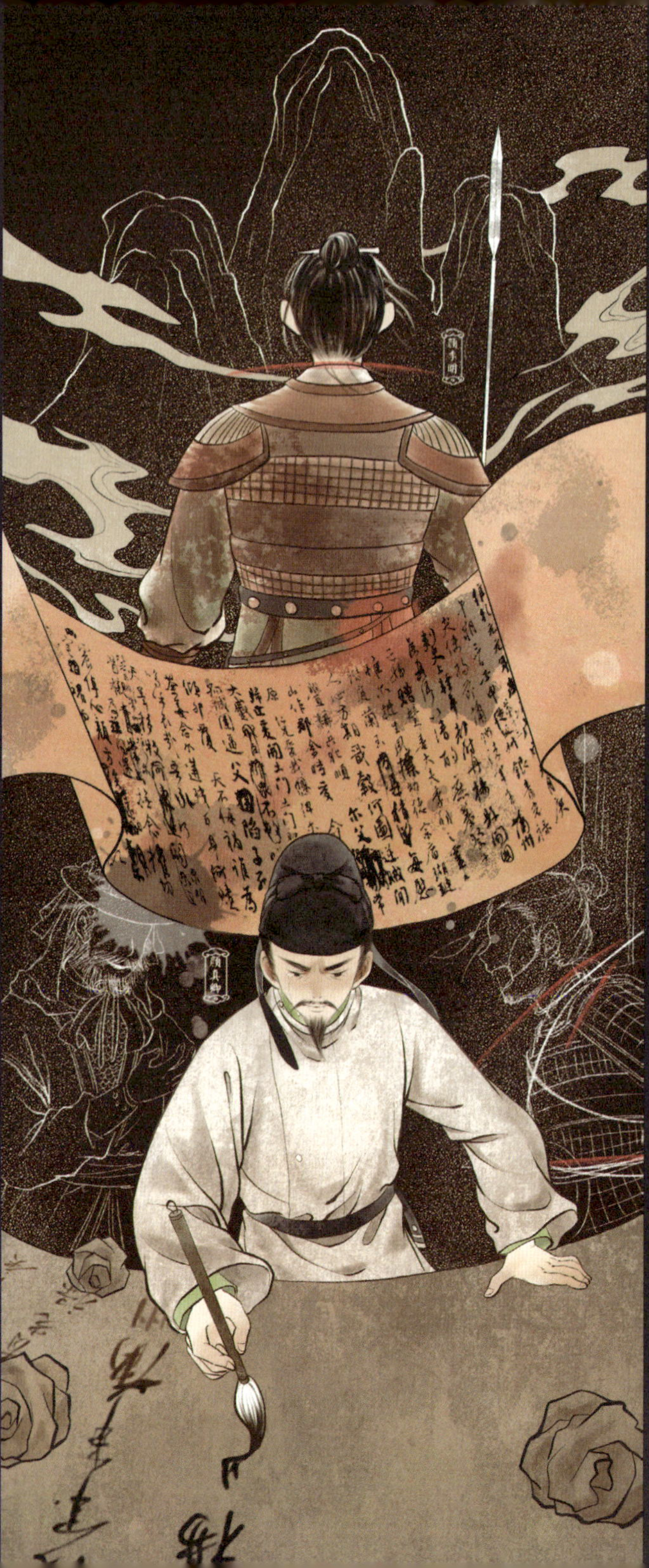
颜季明
颜真卿

第四章　农民：大唐第一农民诗人

秉钺知恩重，临戎觉命轻。

股肱瞻列岳，唇齿赖长城。

隐隐摧锋势，光光弄印荣。

鲁连真义士，陆逊岂书生。

直道宁殊智，先鞭忽抗行。

楚云随去马，淮月尚连营。

抚剑堪投分，悲歌益不平。

从来重然诺，况值欲横行。

"秉钺知恩重，临戎觉命轻"的高适没想到他求援的这些高官根本不管百姓死活，认定睢阳是个烫手山芋，都见死不救。高适无奈，在平定李璘叛乱后，又赶紧带领部队马不停蹄地跟随张镐千里驰援睢阳。

只可惜等到高适赶到时，睢阳已陷落三天，战前人口四万的睢阳只剩下最后四百活人。

这成了高适心中永远的隐痛，公元758年，高适在路过睢阳时，沉痛之余写下了感人至深的《还京次睢阳祭张巡许远文》：

维乾元元年五月日，太子詹事御史中丞高适，谨以清酌之奠，敬祭于故御史中丞张许二公之灵。中丞体质贞正，才掩群豪，诗书自负，州县徒劳。惆怅雄笔，辛勤宝刀，时平位下，世乱节高。贼臣通逆，国步惊骚，两河震恐，千里嗷嗷。投袂洒泣，据鞍郁陶，全谯入宋，收梓捍曹，心系魏阙，志清武牢。帝曰："嗟尔！龙光豹韬，宪台戎幕，持斧拥旄。"呜呼！予亦忝窃，统兹介胄，俄奉短书，至夔狂寇。裹粮训卒，达曙通昼，军乃促程，书亦封奏。遂发趫勇，俾驱乌兽，将无止心，兵亦死斗。贼党频麾，我师旋漏，十城相望，百里不救。纭纭啸聚，兵锋亦凑，积薪为梁，决岸成窦。呜呼！当此虎敌，岂无强邻？常时肝胆，今日越秦。坚守半岁，绝粮数旬，柿橡秣马，煮纸饲人。病不暇拯，殁无全身，煎熬甲胄，啄啮胶筋。慷慨艰险，凄凉苦辛。呜呼！我辞淮楚，将赴伊洛，途出兹邦，悲缠旧郭。邑里灰烬，城池墟落，何九拒之峥嵘，皆二贤之制作！声盖天壤，气横辽廓，让死争先，临危靡却。呜呼！（阙）天亦难论，万夫开壁，一旅才存。衰羸既竭，力弱相吞，陷阱织路，梯冲栈门。土壕水合，木栅云屯，居即其敌，突无其奔。烟云剑戟，逼侧纷昏，与求生而害义，宁抗节以埋魂。呜呼！悖逆歼溃，干戈将止，海岳澄清，朝廷郅理。封功列爵，怀黄拖紫，伤哉二贤，不预于此。呜呼孀妇,伶俜爱子,追赠方荣,赏延兹始。寂寂梁苑,悠悠睢水,黄蒿连接,白骨填委。思壮志于冥寞,问遗形于荆杞。列祭空城,一悲永矣!

这是高适现存所有文章中最悲恸的一篇,他祭奠的不仅是不怕牺牲、慷慨就义的张巡、许远等人,更是睢阳城中的数万百姓:"坚守半岁,绝粮数旬,柿橡秣马,煮纸饲人。病不暇拯,殁无全身,煎熬甲胄,啄啮胶筋。慷慨艰险,凄凉苦辛。"

每每想到他们于叛军围困中"煮纸饲人"的惨状和"凄凉苦辛",高适心中不仅有同情,更有惭愧,也许早一点到就好了,因此他"一悲永矣"。这种对战乱中百姓的不幸遭遇表达的深切关怀和哀悼,即使一千多年过去,读来还是令人落泪。

四

因为在安史之乱中的卓越表现,高适的仕途在晚年越来越顺利。公元759年,高适被任命为彭州刺史,赴任蜀中。蜀地是西南的屏障,承担着对抗吐蕃的大任。

公元760年,在深入体察任地的具体情况后,高适上书《西山

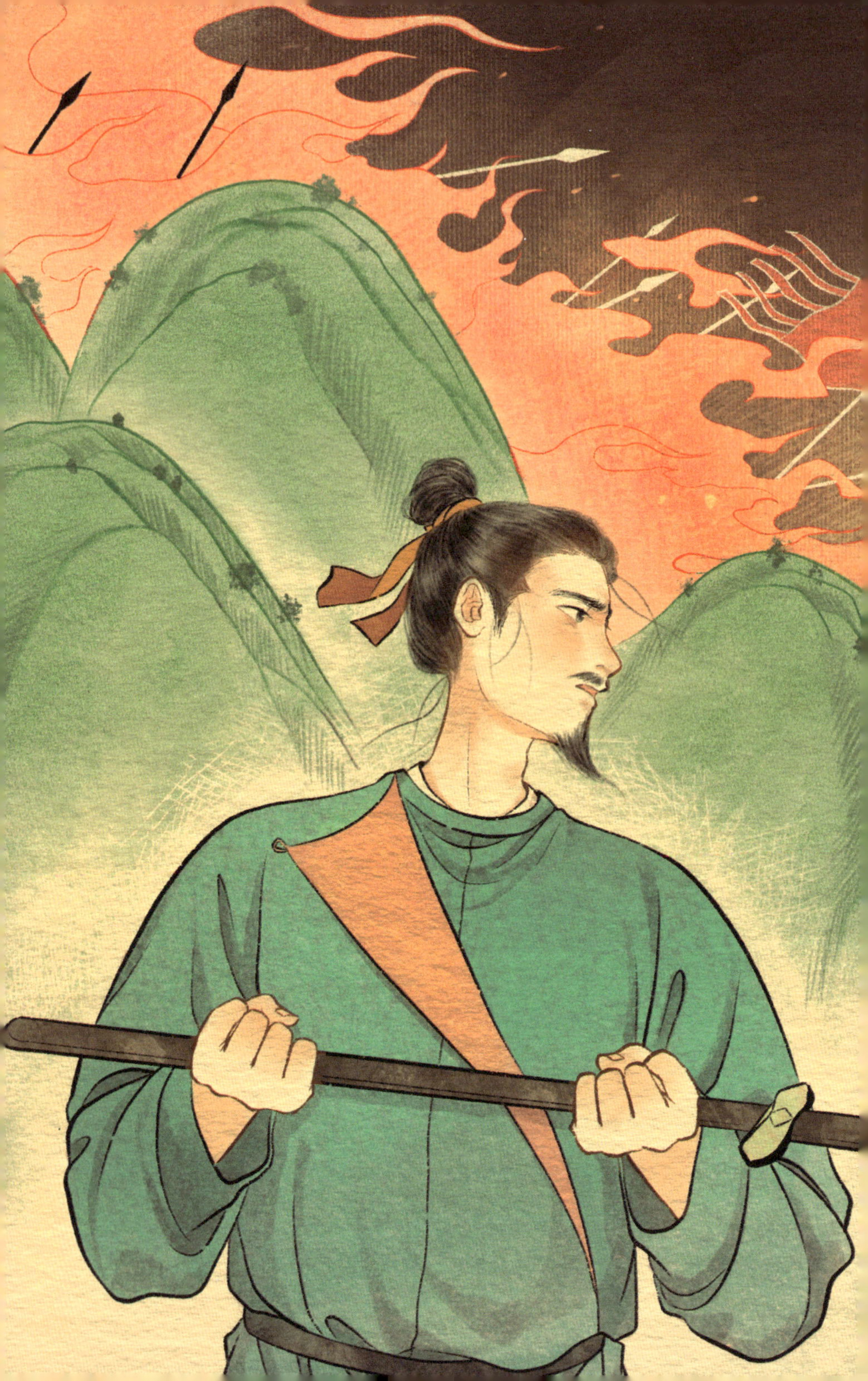

杜甫

三城置戍论》:"今可税赋者,成都、彭、蜀、汉州。又以四州残敝,当他十州之重役,其于终久,不亦至艰?又言利者穿凿万端,皆取之百姓;应差科者,自朝至暮,案牍千重。官吏相承,惧于罪谴,或责之于邻保,或威之以杖罚。督促不已,逋逃益滋。欲无流亡,理不可得。"

当初,唐玄宗将剑南分成西川、东川两处节度,又在边境的西山三城松、维、保州增兵防守。高适认为,之前用全蜀之力加上山南道帮助尚且不能满足剑南道的军粮需求,如今分成东西两川,又只用西川的成都、彭、蜀、汉州四地来负责整个剑南道的赋税和徭役,对百姓来说简直不堪重负。而且为了完成任务,官吏只会变本加厉,最终导致百姓流离失所,纷纷逃亡。

为了减轻百姓的负担,高适提出建议:"今所界吐蕃城堡而疲于蜀人,不过平戎以西数城矣。邈在穷山之巅,垂于险绝之末,运粮于束马之路,坐甲于无人之乡。以戎狄言之,不足以利戎狄;以国家言之,不足以广土宇。奈何以险阻弹丸之地,而困于全蜀太平之人哉?恐非今日之急务也。国家若将已戍之地不可废,已镇之兵不可收,当宜却停东川,并力从事,犹恐狼狈,安可仰于成都、彭、汉、蜀四州哉!虑乖圣朝洗荡关东扫清逆乱之意也。倪蜀人复扰,岂不贻陛下之忧?昔公孙弘愿罢西南夷、临海,专事朔方,贾捐之

第四章　农民：大唐第一农民诗人

请弃珠崖以宁中土，说言政本，匪一朝一夕。臣愚望罢东川节度，以一剑南，西山不急之城，稍以减削，则事无穷顿，庶免倒悬。"

他认为从长远战略来说应该缩短战线，减轻对百姓的徭役赋税，让百姓休养生息，不能让一个小小的吐蕃危害了百姓的生存；同时将东西川合并为一，统一整个剑南道的资源来对抗吐蕃，这样才能解救西川百姓于倒悬之苦。

在这方面，也是高适和杜甫对比鲜明的地方。杜甫也曾辗转于底层社会，体会过百姓之苦，更是在安史之乱中用诗记下了百姓饱受战乱的艰难生活，比如著名的"三吏三别"。因此，杜甫的诗被称作"诗史"，他也长期被称作"人民诗人"，但是杜甫一直以见证者的身份去描述，很少能对这些问题提出切实可行的建议。他为这些遭受苦难的百姓哭泣和呐喊，但是他并不知道如何减轻他们的痛苦。

笔下虽有千言，胸中实无一策。

而高适不仅能站在国家大局的角度，更是时刻站在百姓的角度去思考解决民生问题。虽然唐肃宗当时没有采纳他合并东西川的建议，但高适还是在自己任职的地方采取了很多措施来减轻百姓的负担，深得当地百姓的爱戴。

淋过雨的人格外懂得为他人撑伞。

高适没有忘记自己的理想，并能一步步去实现，虽然有时效果并没有那么显著，但是路漫漫，他一直在路上。

五

提到唐朝的人民诗人，人们总是想到杜甫，他的"安得广厦千万间，大庇天下寒士俱欢颜"，他的"吏呼一何怒，妇啼一何苦"，他的"穷年忧黎元，叹息肠内热"，让人们看到了他的忧国忧民。但是要说到唐朝第一个如此忧国忧民的诗人，那是高适。

高适既不是杜甫那样"纸上谈兵"的文弱书生，也不像孟浩然那样躲在自己的世外桃源细细描摹田家生活的悠闲："故人具鸡黍，邀我至田家。绿树村边合，青山郭外斜。"

纵观高适的一生，五十年布衣困顿，十年飞腾达官，他从一个农民到一个统帅，再到一位高官，作为寒门子弟，他是真正在民间如一叶浮萍一样飘荡了很久。田家的辛苦，赋税的繁多，官吏的凶猛，他比孟浩然、王维看到得更多，也比杜甫感受得更早。有人说，杜甫记录了安史之乱，他的诗因此成了诗史，但是高适的笔早已将这段历史刻画得更加入木三分，他在《酬裴员外以诗代书》中描述道：

第四章 农民：大唐第一农民诗人

> 城池何萧条，邑屋更崩摧。
> 纵横荆棘丛，但见瓦砾堆。
> 行人无血色，战骨多青苔。

高适将安史之乱带来的浩劫如实且残酷地记录了下来，他同情黎民的苦难，也痛斥统治者因自己的骄奢淫逸、闭目塞听导致的弊政，忧国忧民之情力透纸背。

甚至可以说，杜甫的现实主义关怀还是深受高适这位老朋友的影响。元代方回在其编选的《瀛奎律髓》中也肯定了杜甫向高适学习，其诗风和高适有相似之处。

高适深知农民之苦，和农民同呼吸，因此他不愿鞭挞农民，并为此辞官；他时刻关注百姓，因此就算不被理解，他也勇敢地为睢阳的百姓求助，为安史之乱中的黎民发言，为西川的百姓发声。他用现实主义的创作精神直面现实、关心人民，并身体力行、力所能及地为他们谋福祉，改善民生。

这，才是一位真正的大唐人民诗人。

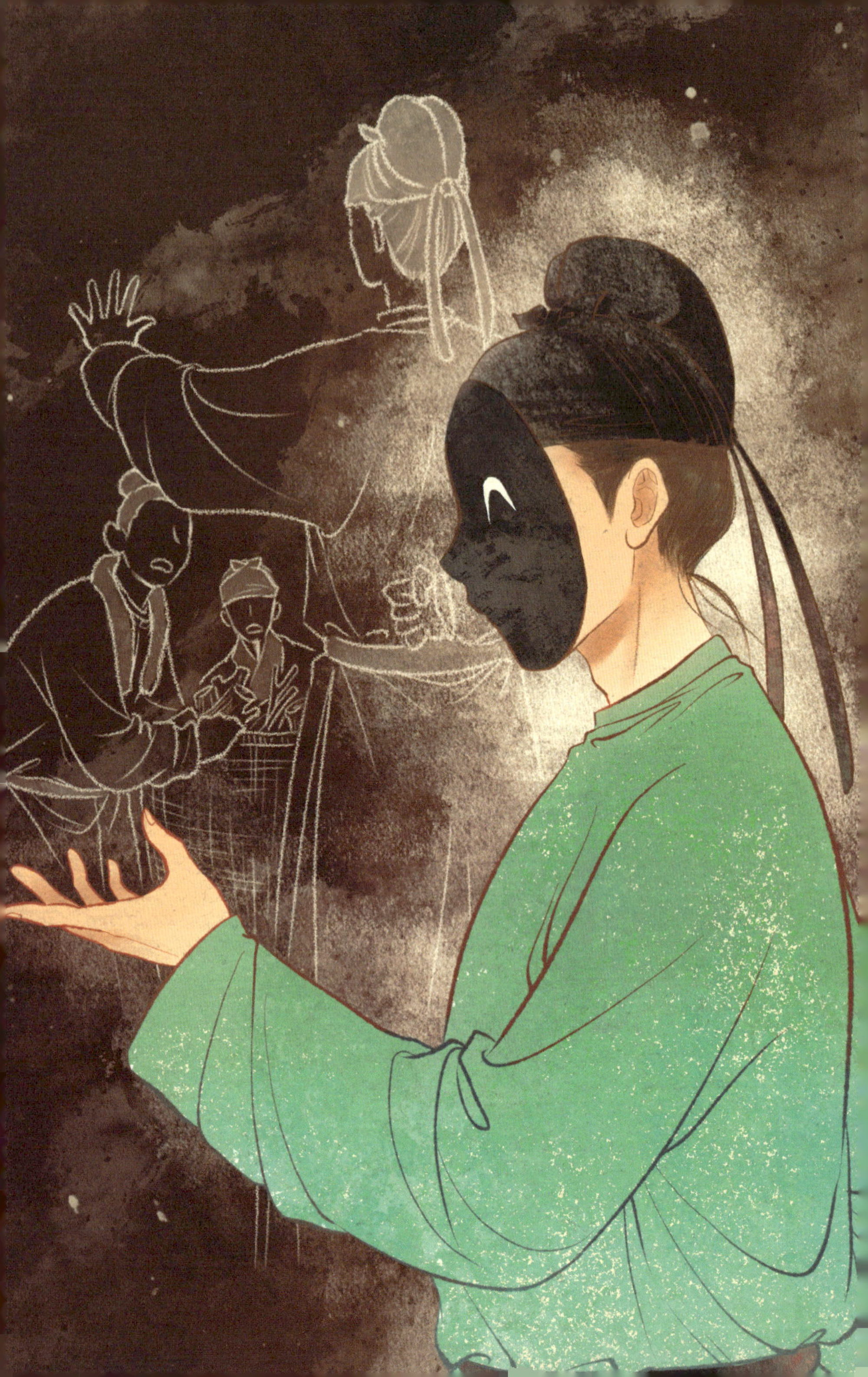

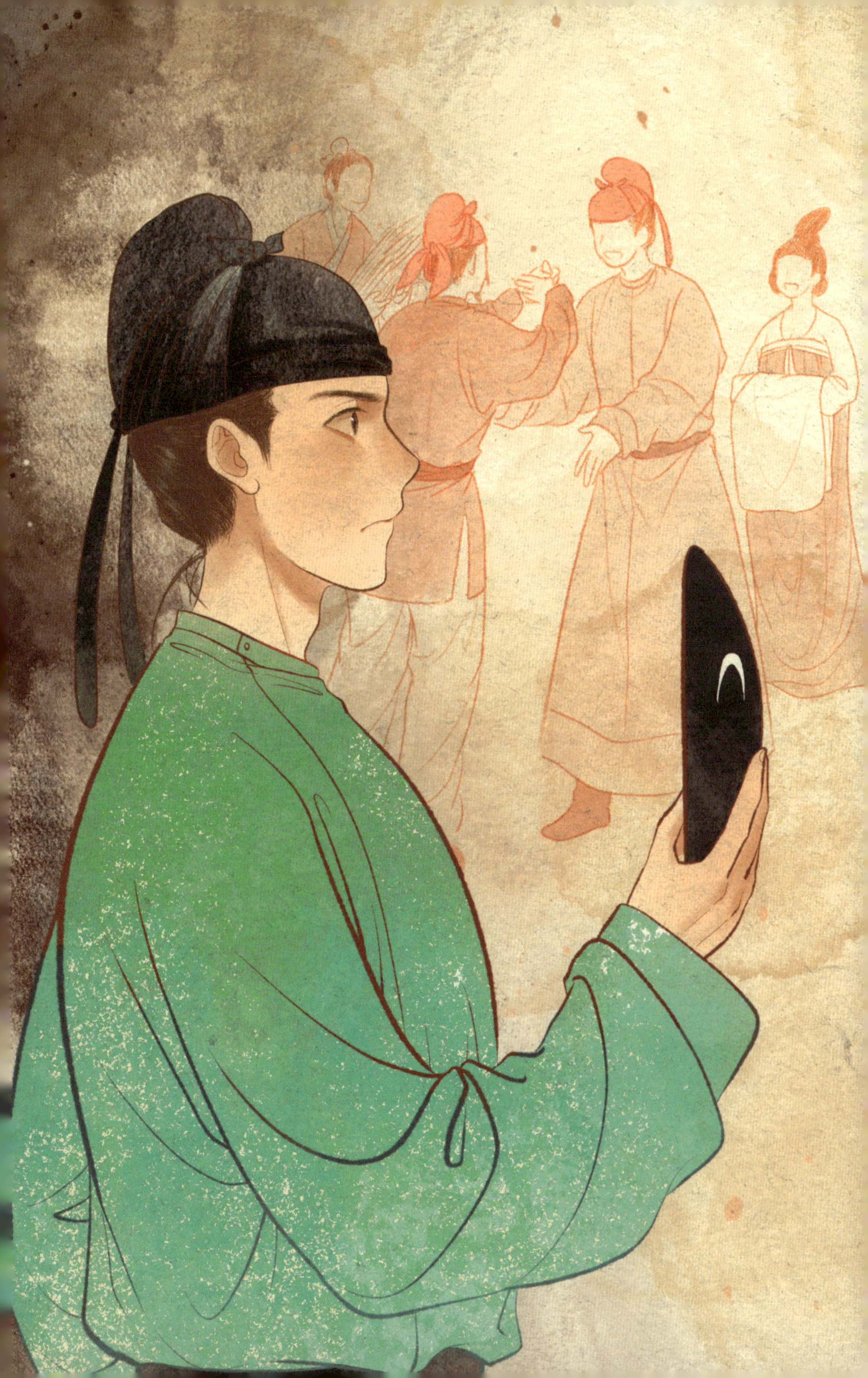

古威
人风

MIGHTY
ANCIENT

第五章

戎帅：以剑为诗，以国为家

大漠，孤城，落日。

一场战争蓄势待发。

一方是唐军，旌旗如林，鼓角齐鸣，正浩浩荡荡向前进发。

一方是胡人，弯刀如月，战马嘶鸣，正在高处盯着行进的唐军，眼神凌厉，仿佛苍鹰俯视猎物。

突然，战鼓响起，胡人如潮水一般向唐军涌去，顿时杀声震天，唐军的大部队还未站稳脚跟，就被从山坡上疾驰而下的胡人冲散，一时阵脚大乱。

惨叫声、刀剑声、冲锋声、鸣金声混在一起，战争倏忽而至，又很快归于一片沉寂。

唐军大败，缴获一批物资的胡人唱着胡歌凯旋。

只剩下远方的天空中一抹如血的残阳。

夜幕慢慢落下，唐军帐幕中，灯火辉煌，一场宴席热闹非凡，美人献舞，美酒加杯，一头散发的将军已经烂醉倒地……

远处的战场上，有零星的战士从昏死中慢慢醒来，盯着清寒的

第五章　戎帅：以剑为诗，以国为家

月光，神色黯然。故乡在千里之外，家人应该还没有睡下，当初他们给自己送行时哭泣的一幕仿佛就在昨天，但是自己再也见不到他们了……

这一幕电影式的场景其实出自大唐边塞诗"第一大篇"《燕歌行》：

汉家烟尘在东北，汉将辞家破残贼。
男儿本自重横行，天子非常赐颜色。
摐金伐鼓下榆关，旌旆逶迤碣石间。
校尉羽书飞瀚海，单于猎火照狼山。
山川萧条极边土，胡骑凭陵杂风雨。
战士军前半死生，美人帐下犹歌舞。
大漠穷秋塞草腓，孤城落日斗兵稀。
身当恩遇恒轻敌，力尽关山未解围。
铁衣远戍辛勤久，玉箸应啼别离后。
少妇城南欲断肠，征人蓟北空回首。
边庭飘飖那可度，绝域苍茫更何有。
杀气三时作阵云，寒声一夜传刁斗。
相看白刃血纷纷，死节从来岂顾勋。

君不见沙场征战苦，至今犹忆李将军。

  这是高适最负盛名的一首诗。其实《燕歌行》是个乐府旧题，最早用这个题目写诗的是三国时期的曹丕，后来南北朝时期的萧绎、庾信等人都用它写过诗，但是这些人创作的内容多是闺怨题材。到了高适这里，他不循常规，用《燕歌行》来描绘边塞、战争，并且格调慷慨悲壮，一扫前人创作《燕歌行》的哀怨之风，大大拓展和革新了《燕歌行》的写作范围和情感。

  这首诗甫一问世，就火遍全国，上至朝廷，下至民间，争相传阅。高适也因此一诗成名，不仅成了边塞诗派的老大哥，还收获了一众粉丝，包括后来和他命运紧密相连的哥舒翰。

  高适一生三次去往边塞，除了用诗歌壮大边塞诗派的声威，也"以诗人为戎帅"，创造了中国历史上的一人传奇。

一

  公元730年，契丹王李邵固派权臣可突干入唐进贡，当时的同中书门下平章事李元纮没有以礼相待，让可突干内心很不爽。左丞相张说知道这件事后，忧虑地说道："这个可突干已经独揽契丹大

第五章 戎帅：以剑为诗，以国为家

权很久了，为人心胸狭窄且奸诈，奚人和契丹人一定会造反的。"果然，很快可突干便杀了契丹王李邵固，立屈刺为王，率领部众并胁迫奚人背叛大唐，向突厥投降。奚王李鲁苏和他的妻子东光公主韦氏、李邵固的妻子东华公主陈氏只能逃奔大唐。可突干率军攻打平卢，唐军先锋使乌承玼将其打败。于是东北边境战事爆发了。

正在宋城闲居的高适听到这个消息，立刻动身北上燕赵，想要投军杀敌，为国效力。

这是高适第一次出塞，他心中满是好奇和期待，觉得自己仿佛马上就能像霍去病、卫青一样封狼居胥。他一路走过魏州、钜鹿，又来到前线幽州、蓟州，当听到信安王李祎在抱白山之战中大破奚、契丹时，心中激动，写下了《信安王幕府诗》（以下为节选）：

帝思麟阁像，臣献柏梁篇。
振玉登辽甸，拟金历蓟堧。
度河飞羽檄，横海泛楼船。
北伐声逾迈，东征务以专。
讲戎喧渌野，料敌静居延。
军势持三略，兵戎自九天。
朝瞻授钺去，时听偃戈旋。

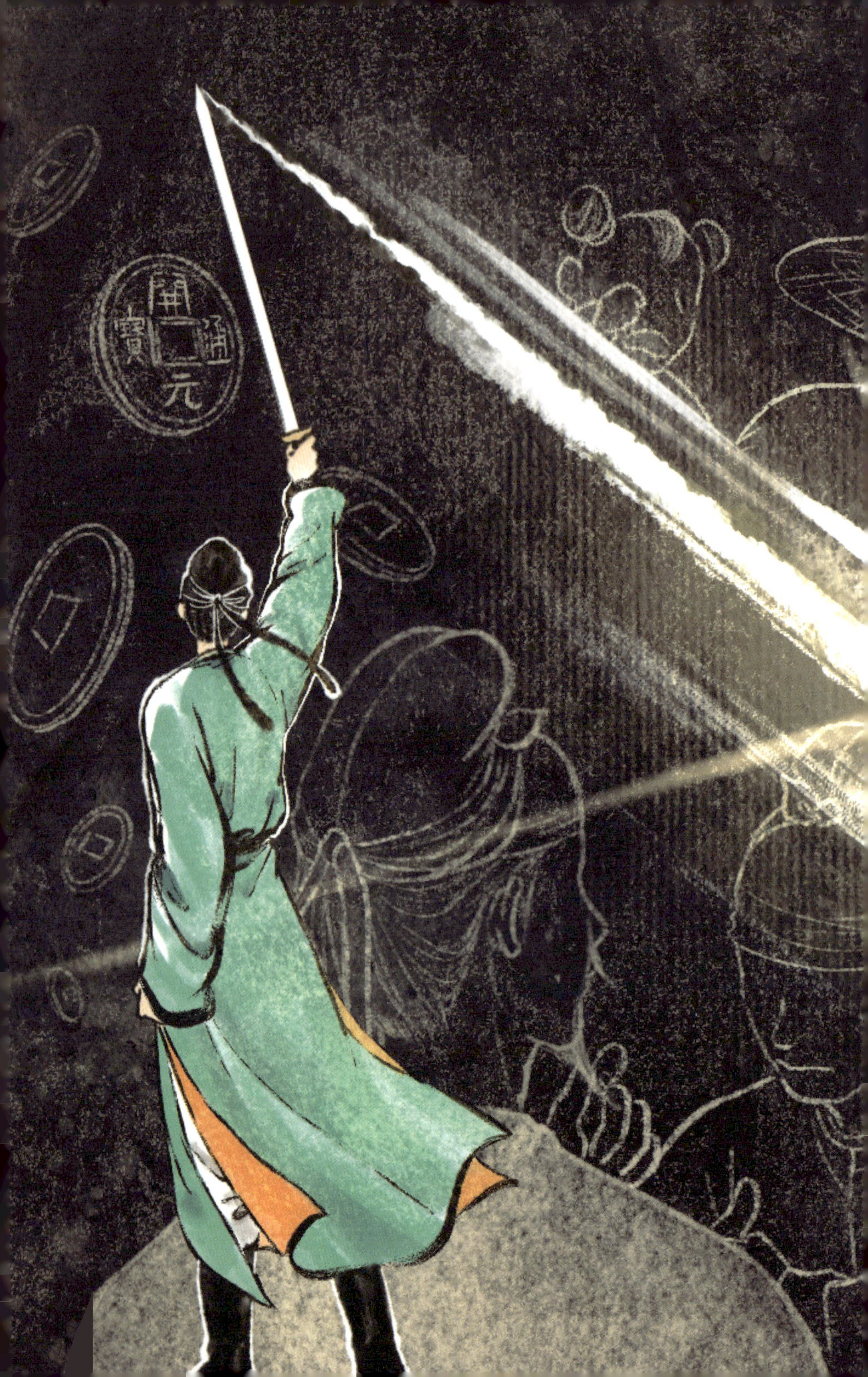
開元通寶

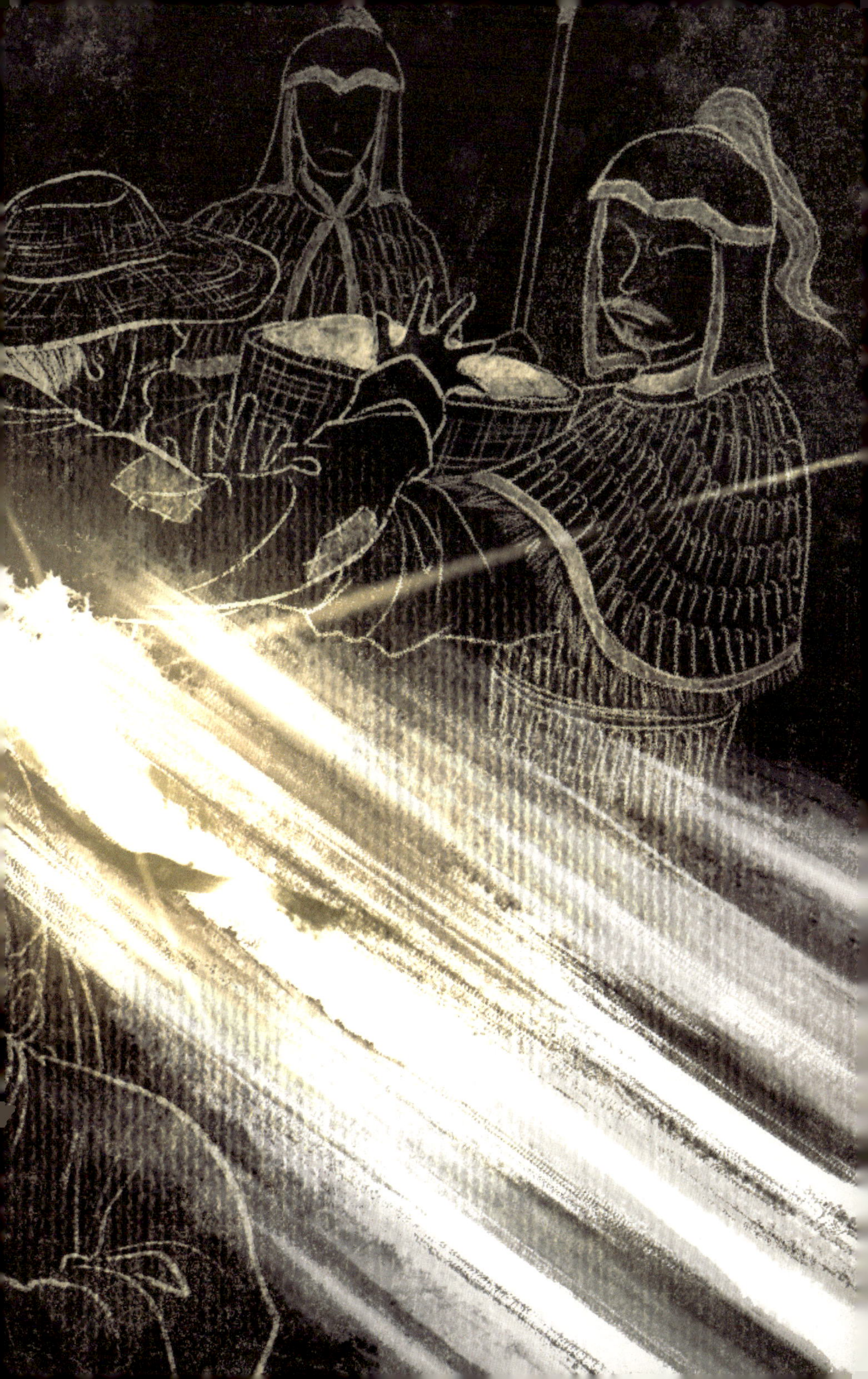

> 大漠风沙里,长城雨雪边。
> 云端临碣石,波际隐朝鲜。

您一定会像古时的功臣一样入选麒麟阁,我特地为您献上彰显威名的诗篇。

高适跃跃欲试,为李祎写诗,希望投身李祎军中,为国杀敌建功,但是推荐无果,最终落寞而回。

在归途中,他写下了《自蓟北归》:

> 驱马蓟门北,北风边马哀。
> 苍茫远山口,豁达胡天开。
> 五将已深入,前军止半回。
> 谁怜不得意,长剑独归来。

失望表露无遗。

虽然从军失败,但是初次出塞的高适还是很兴奋,一方面,他亲眼见证了东北边塞的真实情况:亭堠排列得像一条长龙,绵延万里,士兵们枕戈待旦,随时防备着胡兵的侵犯,战争的硝烟已经弥漫至北海,胡人的骑兵浩浩荡荡,正长驱南下……

第五章　戎帅：以剑为诗，以国为家

塞上
高适

东出卢龙塞，浩然客思孤。
亭堠列万里，汉兵犹备胡。
边尘涨北溟，虏骑正南驱。
转斗岂长策，和亲非远图。
惟昔李将军，按节临此都。
总戎扫大漠，一战擒单于。
常怀感激心，愿效纵横谟。
倚剑欲谁语，关河空郁纡。

基于对边塞情况的认识，高适提出了"转斗岂长策，和亲非远图。惟昔李将军，按节临此都。总戎扫大漠，一战擒单于"的建议，当时的唐朝在解决周边少数民族的外交问题上，还是主要以和亲政策为主，高适希望唐王朝放弃这种短视妥协政策，积极起用像李牧这样有勇有谋的武将，用武力彻底解决边患。

不得不说，高适的军事眼光非常独到，他给唐朝体弱多病的外交开了一剂长治久安的良方，但是这个建议因为人微言轻并无任何响应，所以他感觉自己就像历史上报国无门的曹植，只能抱着剑忧郁。

另一方面，这一次离开中原，一口气来到遥远的东北，来到胡人的生活居住地，高适也开阔了自己的视野，见识了异域风情。

营州歌
高适

营州少年厌原野，狐裘蒙茸猎城下。
虏酒千钟不醉人，胡儿十岁能骑马。

营州在今天的东北辽宁，高适看到那里的少年穿着狐皮袍子在冰冷的原野上打猎，那里的人能喝千盅酒都不醉，他们的孩子十岁就会骑马……

这些迥异于中原的奇特现象深深震撼了高适。

自古以来，诗人们写边塞诗总是写边塞的荒寒凄苦，高适却看到了一幅多姿多彩、活灵活现的古代东北人民生活的图景，看到了中原之外原来还有这样一方天地，这让当时的汉人领略了胡人的风采。不仅如此，高适还用赞扬的笔调展现了这些活泼可爱的胡人少年以及他们善骑射的习俗，后来他还写过"控弦尽用阴山儿，登阵

第五章　戎帅：以剑为诗，以国为家

常骑大宛马"，可见他对塞外尚武风气的喜爱。

胡人也不是什么妖魔，率真的胡人百姓和贪婪的胡人首领，高适看得很清楚。

这也是高适的特别之处，只有身体力行，才能真正打破书本典籍中的旧识和偏见。

为此，他还用一首组诗全面揭露了东北边塞的真实情况。

蓟门行五首
高适

蓟门逢古老，独立思氛氲。

一身既零丁，头鬓白纷纷。

勋庸今已矣，不识霍将军。

汉家能用武，开拓穷异域。

戍卒厌糠核，降胡饱衣食。

关亭试一望，吾欲泪沾臆。

边城十一月，雨雪乱霏霏。

元戎号令严，人马亦轻肥。

羌胡无尽日，征战几时归。

幽州多骑射，结发重横行。

一朝事将军，出入有声名。

纷纷猎秋草，相向角弓鸣。

黯黯长城外，日没更烟尘。

胡骑虽凭陵，汉兵不顾身。

古树满空塞，黄云愁杀人。

  这五首诗就像五幅速写画，也如同五篇短小精悍的新闻特写。

  高适看到夕阳中满头白发的老兵正孤身一人眺望着远方若有所思，他早已没有了建功立业的理想，甚至都不认识如今的戍边将领。高适见识了十一月就雨雪纷纷的奇异天气，但是胡人的军队依然在抓紧操练，他们装备精良，训练有素，他们常常在太阳落下后趁着夜色偷袭，进攻时尘土飞扬，烟雾弥漫，唐朝的将士奋不顾身地反击，但这些胡人没有穷尽，战争什么时候会结束呢？战士们又何时才能回到自己的家乡呢？

高适更忧虑唐朝的统治者为了开拓边疆,频繁发动对外战争,因为李林甫等人的私心和鼓动,他们喜欢重用投降的胡人,因此胡人士兵丰衣足食,待遇优渥,而戍边的唐人士兵却吃着粗劣的食物,穿着单薄的衣服……

二

公元750年的秋天,秋风萧瑟,一如高适的内心,他任职封丘县尉已近一年,但是这个迎上欺下的工作让他实在很苦闷,不久,他得到一个任务——送兵至蓟北的清夷军。高适欣然前往,走出濮阳,还碰到了老朋友沈千运,接着经过河间、博陵,风餐露宿,终于在冬天到达了蓟北,圆满完成了送兵任务。

送兵到蓟北

高适

积雪与天迥,屯军连塞愁。

谁知此行迈,不为觅封侯。

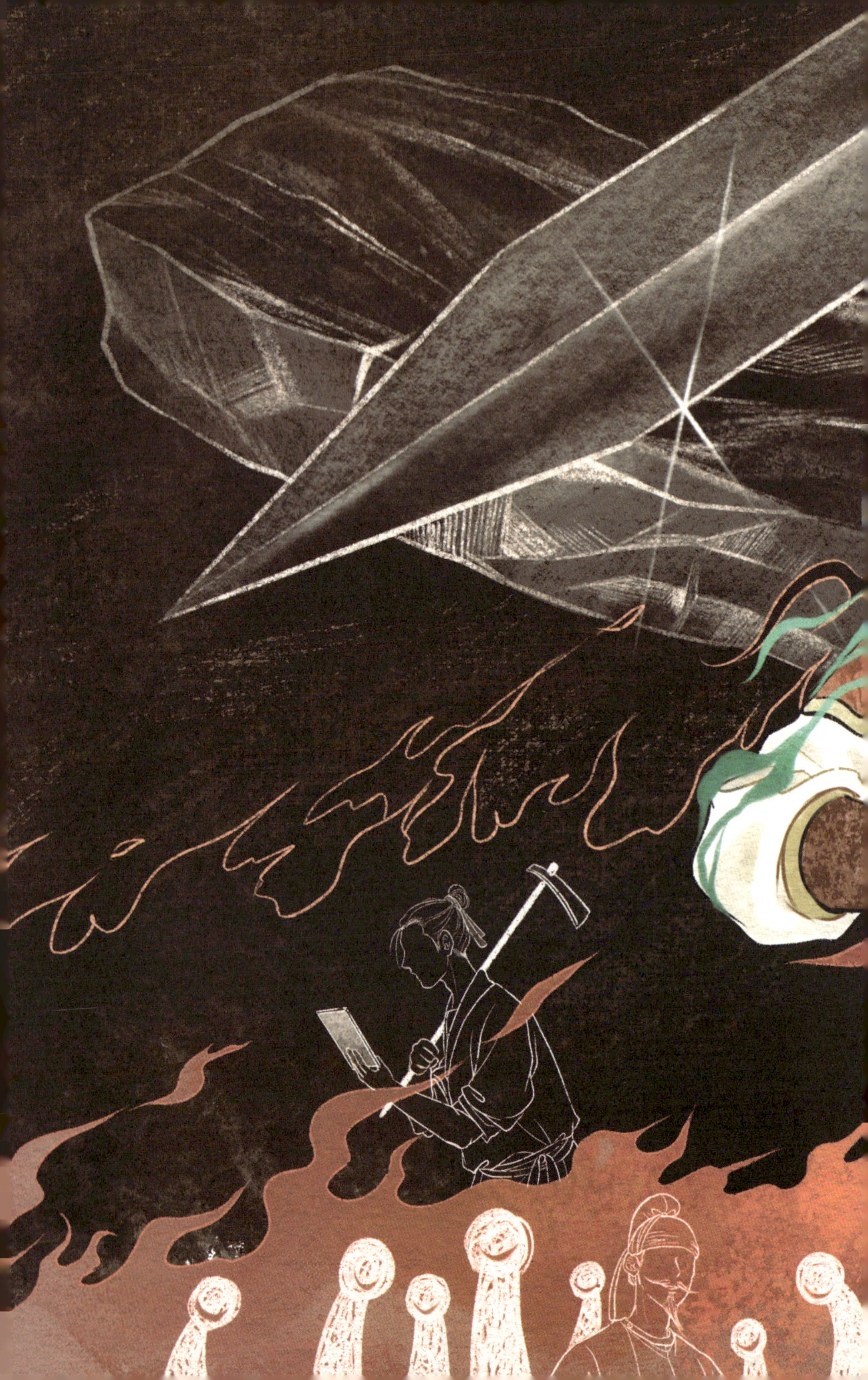

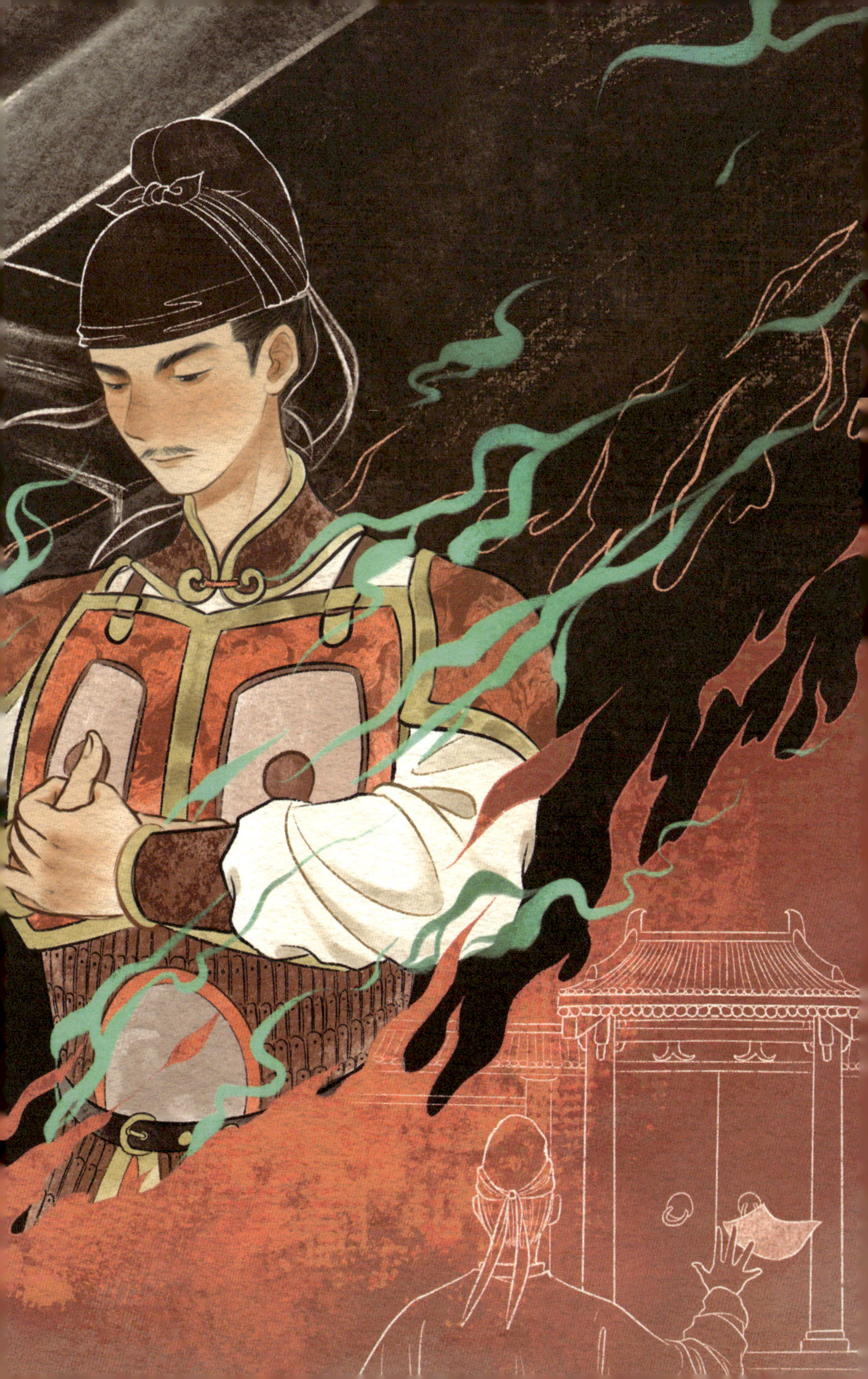

虽然一路上没有什么风波，但是高适还是有些愁闷，这一路翻山越岭，天寒地冻，但他只是来送兵，并不是来从军杀敌，马上封侯的。

高适真是个实在人，总是直抒胸臆："我也想上阵杀敌，为国争光啊！"他似乎还有点委屈。

这是高适第二次来到边塞，时间过去了二十年，与上次的新鲜感、满怀希望相比，这次他是苦闷的，此时的他已经年过半百了，人生所剩无几，但自己还是一事无成。

心境影响诗境，这个时期高适的边塞诗，无论是"匹马行将久，征途去转难"，还是"边城何萧条，白日黄云昏"，触目所及，似乎都是萧条的景象。

自己满腹经纶，却报国无门，怎么能不黯然神伤？

答侯少府（节选）

高适

北使经大寒，关山饶苦辛。

边兵若刍狗，战骨成埃尘。

行矣勿复言，归欤伤我神。

第五章 戎帅：以剑为诗，以国为家

蓟门此时属于范阳节度使安禄山的辖区。作为一个眼光敏锐的军事家，高适在见到军中将领和士兵的矛盾之后，深感忧虑。将领丝毫不尊重士兵，把士兵当刍狗使唤，而接连不断的战争又令多少士兵战死沙场。

一将功成万骨枯！

当时的边将、节度使如安禄山等人，在唐玄宗"能禽其王者，授大将军"诏令的刺激下，纷纷以边功邀宠，根本不管士兵死活，多次肆意挑衅契丹、奚，导致其先后反叛，挑起边境战争。

高适虽然站在唐王朝的立场之上坚决反对契丹、奚等外邦对唐王朝的侵犯，但是他同样反对唐王朝的不义战争，尤其是安禄山等人拿战争、士兵的生命当作加官晋爵的筹码，因为作恶者终会自食恶果。

比如开元二十四年（736），张守珪让平卢讨击使安禄山奉命讨伐奚、契丹，安禄山因为大意轻敌被打败，还差点被皇帝杀头；开元二十六年（738），幽州将领赵堪、白真陀罗假托张守珪之命，逼迫平卢军使乌知义出兵挑衅并攻击奚、契丹，先胜后败，而张守珪却隐瞒战败的消息，谎称战胜骗取战功。

这两次战败让高适十分愤慨，因此他有感而发，写下了千古传诵的《燕歌行》。

《燕歌行》中最讽刺的莫过于:"战士军前半死生,美人帐下犹歌舞。"

战士提着脑袋上战场,将军却在后方歌舞升平。

这样的军队如何能够战胜敌人呢?

高适这一次出塞虽然距上一次过去了很多年,但是他再次目睹了边塞现状,发现情况变得更糟糕:一边是边将们仗着国恩却不思报国,傲慢轻敌,虐待士兵;一边是自己腹有良策,却无处施展。高适心中自然很是惆怅。

蓟中作(节选)
高适

一到征战处,每愁胡虏翻。

岂无安边书,诸将已承恩。

惆怅孙吴事,归来独闭门。

英雄无用武之地,只好回来落寞闭门。

在回来的路上,高适遇到了曾经的好朋友王悔。这位王悔可是一个传奇人物,他是张守珪幕府中的掌书记,曾经出使契丹,凭借胆略和智谋，设计击杀了前文提到的契丹首领屈剌和权臣可突干，一举平叛了契丹之乱，为大唐解决了一大心患。

面对这样一位为国建功立业的朋友，高适联想到自己，对比之下感到更加落寞，写下了《赠别王十七管记》（以下为节选）：

> 逢时愧名节，遇坎悲沦替。
> 适赵非解纷，游燕往无说。
> 浩歌方振荡，逸翮思凌励。
> 倏若异鹏抟，吾当学蝉蜕。

我也想像鲁仲连退秦军、苏秦游说燕文侯一样为国效力，但自己却没有机会。你像大鹏一样展翅高飞，而我却只能像蝉一样蜗居。

对高适来说，世间最难的从来不是生活的贫穷，而是英雄无用武之地。

三

高适最为人熟知的标签是边塞诗人，这自然跟盛唐时期边塞诗派成为和山水田园诗派齐名盛行的大流派有关。

其实唐朝并不是边塞诗最早出现的时期，边塞诗最早开始于汉魏晋南北朝时期，比如陈琳的《饮马长城窟行》、鲍照的《代出自蓟北门行》、曹植的《白马篇》、蔡文姬的《胡笳十八拍》等，都享有盛名，但是直到唐朝，边塞诗才迎来它的黄金时代，也成为一个独立的诗歌流派。这跟唐朝的国情不无关系，从唐朝建立以来，其与周边少数民族的争端就没有停止过，围绕在唐朝周边的突厥、吐谷浑、吐蕃、契丹、奚等少数民族也不断犯边，跟中原战争不断。

在这样的外部条件下，唐王朝也非常看重战功卓绝的主将，拜相封侯，极尽恩宠。加上主将有为属下请官的权力，比起通过正规科举才谋取一个小小的县尉、主簿相比，到边塞入幕充当判官、掌书记、参谋等对文人来说成就功名的机会更多，吸引力也更大，比如高适就写道："一朝事将军，出入有声名。"

高适、岑参、李颀、王昌龄、王之涣，甚至谪仙人李白、恬淡无为的王维等，都有过从军报国、马上封侯的强烈愿望。他们或亲自来到边塞，或凭借想象抒怀，写下了大量边塞诗。这些边塞诗一边展现了奇异瑰丽的边塞风光，一边描绘了残酷的战争，一边抒发了上马杀敌的爱国情怀，一边也表达了戍边之苦和思亲怀乡的细腻情感，将边塞诗的创作推上了前所未有的高度。

这其中的边塞诗旗手自然非高适莫属，无论是题材的全面性还

第五章　戎帅：以剑为诗，以国为家

是内容的深度，高适都是独树一帜的。这当然与他本人多次前往边塞，或是漫游，或是亲身从军，或是真正参与唐王朝一系列战争有密切关系，所以他的边塞诗总是有鲜明的现实主义指向，感染力强。

公元752年，辞官后的高适再一次前往边塞。与上一次郁闷的心情相比，这一次的他意气风发，因为受人推荐前往赫赫有名的哥舒翰幕府，让他觉得前途可望，终于可以一展抱负，这对志存高远的高适来说，实在是心情舒畅。

他在《自武威赴临洮谒大夫不及因书即事寄河西陇右幕下诸公》中写道："我本江海游，逝将心利逃。一朝感推荐，万里从英髦。"本来年过半百、蹉跎半生，如今得到千载难逢的机会，高适十分珍惜。

诗中又有："立马眺洪河，惊风吹白蒿。云屯寒色苦，雪合群山高。远戍际天末，边烽连贼壕。"这是高适第三次前往边塞，距离第一次已经过去二十多年。猎猎寒风中，高适策马站在古老的洪河边，天上的黑云聚在一起，更显塞外的苦寒，厚厚的积雪堆在一起，让群山显得更高，近处的白蒿随风舞动，远处的烽火直插云天。

这样的边塞，高适看过很多次了，他记忆中的边塞，现在再一次清晰具体了起来。

高适先到河西节度使的治所武威，没想到哥舒翰已经去了陇右的临洮，高适急忙不辞辛苦赶到临洮，却又碰到哥舒翰外出，几番戏剧性的巧合后,都没有见到哥舒翰,但是高适义无反顾。

登陇(节选)

高适

浅才登一命,孤剑通万里。
岂不思故乡,从来感知己。

对一个在黑暗中苦苦摸索半生的人来说,能遇到知己是多么幸运的事,恰如暗室一炬,又怎么会在乎离别故乡,跋涉万里呢?

哥舒翰很赏识高适,向朝廷为他请官掌书记,于是高适一跃成为哥舒翰军中的骨干成员,这是他人生的重大转折时期,他也终于实现了多年的愿望——从军。有了直接参与战争的丰富经验,高适在这一时期写了很多边塞诗,诗中也有了更丰富的内涵。

当高适登上高高的百丈峰,遥望远处著名的焉支山(也称燕支山)时,他想起了曾经那个少年战神霍去病。霍去病十八岁时便随着舅舅卫青为国效力,打击匈奴,第一次上战场就勇冠三军,斩敌二千,被封为冠军侯。后来他追击匈奴,一路翻过焉支山,打得匈奴闻风丧胆,纷纷远遁,汉朝从此控制了河西地区。一路逃跑的匈奴悲痛地唱道:

"失我祁连山,使我六畜不蕃息;失我焉支山,使我嫁妇无颜色。"

但是八百多年过去,匈奴仍未灭绝,突厥卷土重来,边境之祸愈演愈烈,高适想起年轻时写下的"转斗岂长策,和亲非远图",指出边境问题的弊端,又曾信心满满地认为"惟昔李将军,按节临此都"是解决之道,但是如今眼见为实,发现原来一味靠武力还是不能完全解决问题。

远处还遗留着汉朝曾经的堡垒,和高适一样陷入了沉思。

高适看着天空哀嚎的鸿雁,突然有些伤感,他伤感未灭的匈奴之祸,伤感离家千里的战士,伤感为此承担着沉重徭役负担的百姓,也伤感自己至今还未能为国家排忧解难。

登百丈峰·其一
高适

朝登百丈峰,遥望燕支道。
汉垒青冥间,胡天白如扫。
忆昔霍将军,连年此征讨。
匈奴终不灭,寒山徒草草。
唯见鸿雁飞,令人伤怀抱。

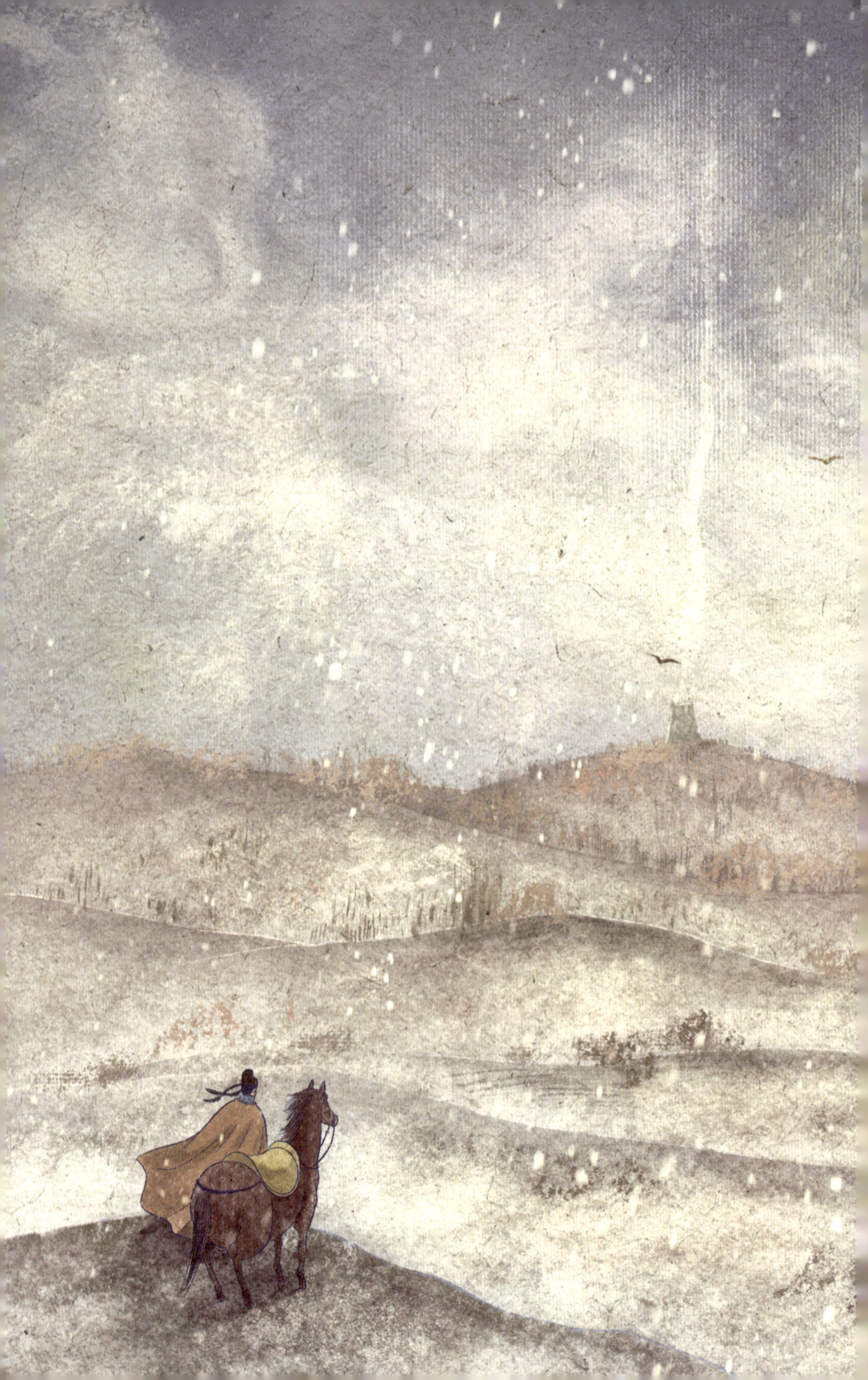

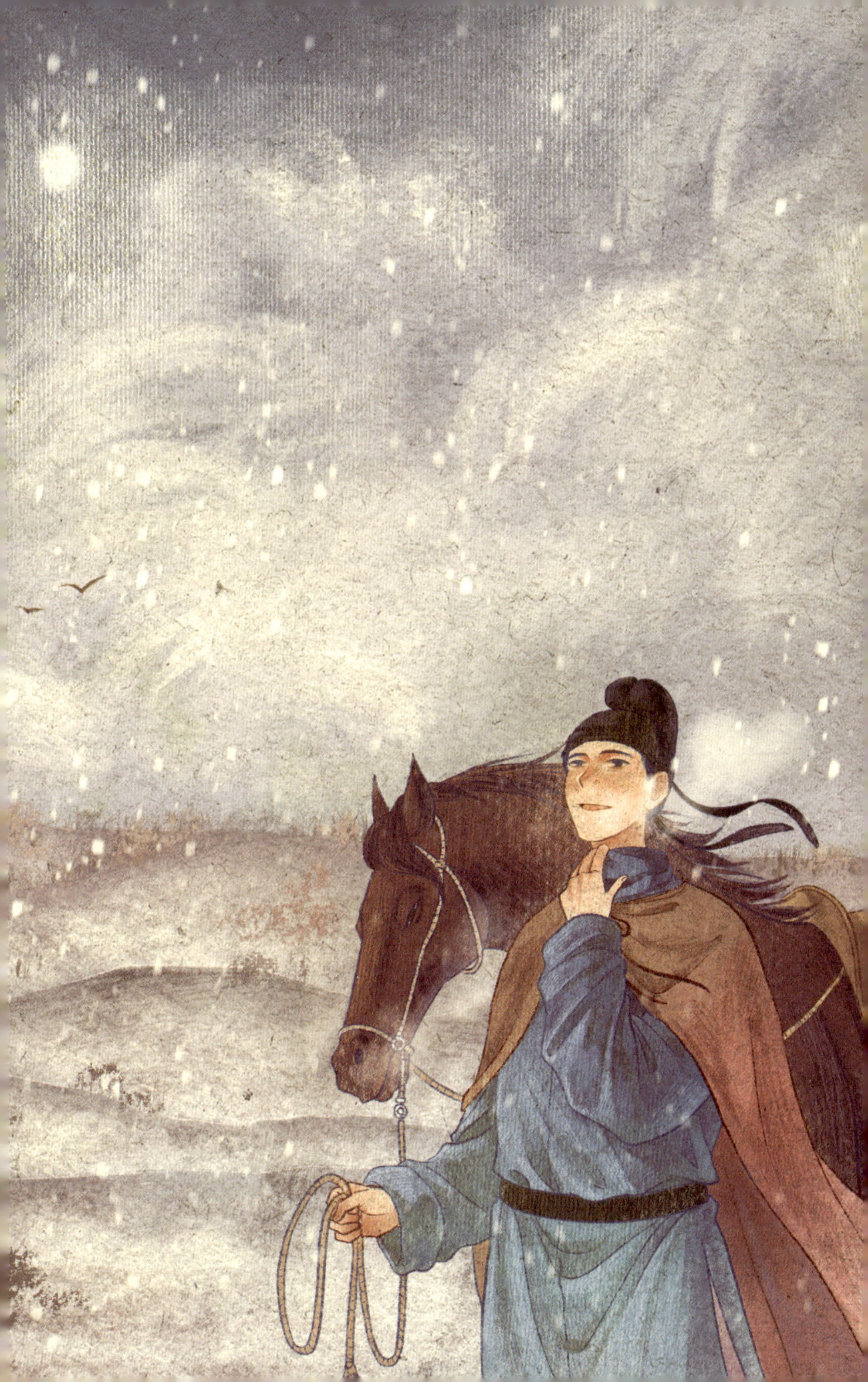

高适又想起那位英明神武的晋武帝，虽然统一了中国，建立了太康盛世，但是当政后期骄奢淫逸，懈怠政事，大力分封诸王，造成诸王内讧，又没有慎重选取接班人，继位者晋惠帝残暴昏庸，朝廷纲纪崩坏，最终导致了八王之乱。四方异族趁晋朝空虚，如豺狼猛虎纷纷南下侵扰，割据混战，中原祸乱四起，百姓生灵涂炭，酿成了著名的五胡乱华。

那风中的白庭，至今仍对着晋朝青阳门的方向，在无声地昭示着历史的惨痛。如果朝野上下都只顾自己争名夺利，不顾国家安危，最后的教训就是灭亡啊。

高适再一次举起历史的火炬，希望照亮唐王朝，提醒皇帝既要勤修内政，也要居安思危，防范边患，不要步西晋后尘。只是他没有料到的是，这首诗竟然一语成谶，后来的唐朝被后梁所灭，天下也陷入了五代十国的混乱局面。

登百丈峰·其二

高适

晋武轻后事，惠皇终已昏。

豺狼塞瀍洛，胡羯争乾坤。

第五章　戎帅：以剑为诗，以国为家

> 四海如鼎沸，五原徒自尊。
> 而今白庭路，犹对青阳门。
> 朝市不足问，君臣随草根。

高适除了对时事有了更深刻的思考，也更深入地了解了战争。他不单单是个书生，也是冲锋陷阵的战士。跟随着哥舒翰这位名将，他将书与剑伸向了更远的战场。

同李员外贺哥舒大夫破九曲之作
高适

> 遥传副丞相，昨日破西蕃。
> 作气群山动，扬军大旆翻。
> 奇兵邀转战，连弩绝归奔。
> 泉喷诸戎血，风驱死虏魂。
> 头飞攒万戟，面缚聚辕门。
> 鬼哭黄埃暮，天愁白日昏。
> 石城与岩险，铁骑皆云屯。
> 长策一言决，高踪百代存。

威棱慴沙漠,忠义感乾坤。

老将黯无色,儒生安敢论。

解围凭庙算,止杀报君恩。

唯有关河渺,苍茫空树墩。

《资治通鉴》中记载,唐睿宗时期,金城公主和亲吐蕃,吐蕃贿赂鄯州都督杨矩,撒谎请求把九曲之地赐给金城公主作为她的私邑之地,杨矩上奏后唐睿宗答应了。九曲之地自此被吐蕃占领,吐蕃在这里畜牧养马。这个地方土地肥沃,四十多年来成为吐蕃侵扰大唐的跳板。因此哥舒翰收复黄河九曲的战役对唐王朝至关重要,他不仅收复了唐王朝的故土,维护了唐王朝领土的完整,也从此安定了大西北。

高适对这一战事的胜利表现得很兴奋,他一连写了多首诗来歌颂哥舒翰的功绩。

九曲词三首·其二
高适

万骑争歌杨柳春,千场对舞绣骐驎。

第五章　戎帅：以剑为诗，以国为家

到处尽逢欢洽事，相看总是太平人。

九曲词三首·其三
高适

铁骑横行铁岭头，西看逻逤取封侯。

青海只今将饮马，黄河不用更防秋。

人们争相唱着欢乐的《杨柳春》，穿着华丽的服装跳着舞。

青海湖畔马匹安宁地饮水，黄河九曲再也不需要重兵防守。

没了战事，士兵终于可以回家与亲人团圆。

百姓安居乐业，徭役的负担从此减轻。

这样的和平画面多么美好，这才是边塞从军的意义。

高适从来都是一个军事家诗人，他直面战争的残酷，因此更加懂得和平的可贵："奇兵邀转战，连弩绝归奔。泉喷诸戎血，风驱死虏魂。头飞攒万戟，面缚聚辕门。鬼哭黄埃暮，天愁白日昏。"

看，这就是战争，黄沙漫天，士兵喋血，胜利的一方擦拭着流血的长戟，失败的战俘被双手反绑跪在辕门，一声令下，又飞起了多少鬼魂，一场战争，多少人要浴血奋战，又有多少家庭因此分崩离析。

因为多次看到军中士兵艰苦的生存处境，高适认识到贤良主将的重要性，作《送浑将军出塞》（以下为节选）：

> 李广从来先将士，卫青未肯学孙吴。
> 传有沙场千万骑，昨日边庭羽书至。
> 城头画角三四声，匣里宝刀昼夜鸣。
> 意气能甘万里去，辛勤判作一年行。
> 黄云白草无前后，朝建旌旄夕刁斗。
> 塞下应多侠少年，关西不见春杨柳。
> 从军借问所从谁，击剑酣歌当此时。
> 远别无轻绕朝策，平戎早寄仲宣诗。

浑将军是哥舒翰麾下的一名将军，高适为他送行时，再次提到了李广、卫青。李广是高适诗中的常客了，"君不见沙场征战苦，至今犹忆李将军"，国难思良将，尤其是对比安禄山此类飞扬跋扈、不体恤士兵的恶将，高适以一个军事家的敏锐眼光看到了良将的价值：有了他们的带领和指挥，战争可以早点结束，士兵也可以早日归家。

战争从来不是目的，和平才是。

战争不是换取功名的筹码,人民安居乐业才是。

如果天下能够太平,就算自己没有受到重用也没有关系。

自淇涉黄河途中作十三首·其七(节选)
高适

缅怀多杀戮,顾此生惨怆。

圣代休甲兵,吾其得闲放。

如果人人都为自己谋私利,那最终就会导致像西晋那样的灭亡下场。作为一个渴望建功立业的边塞诗人,高适很清醒,他坚定国家人民的利益永远是第一位的,而战争是为了"止杀",是为了和平,这种认识难能可贵。

四

李泽厚曾在《美的历程》中写道:"盛极一时的边塞诗是构成盛唐之音的一个基本的内容和方面,它在中国诗史上确乎是前无古人的。"

唐朝是边塞诗百花齐放的黄金时代,除了四大边塞诗人,初唐四杰、诗骨、诗仙、诗圣、诗佛等大诗人都写出了千古流传的边塞诗。

卢照邻的热血沸腾,"追奔瀚海咽,战罢阴山空";骆宾王的豪气冲天,"但令一被君王知,谁惮三边征战苦";陈子昂的英气逼人,"黄金装战马,白羽集神兵";李白的夸张想象,"长风几万里,吹度玉门关";王维的雄浑壮美,"大漠孤烟直,长河落日圆";岑参的奇丽峭逸,"瀚海阑干百丈冰,愁云惨淡万里凝";王昌龄的霸气无畏,"但使龙城飞将在,不教胡马度阴山";杜甫的悲凄忐忑,"悲笳数声动,壮士惨不骄"。

与他们相比,高适仍然显得独树一帜,《旧唐书》中评价高适:"适以诗人为戎帅。"

高适从来都不仅仅是一位诗人,他还是一位戎帅,而更多的时候,他是用戎帅的眼光在写诗,在他的诗中,我们可以读到"万里不惜死,一朝得成功。画图麒麟阁,入朝明光宫。大笑向文士,一经何足穷。古人昧此道,往往成老翁"中封狼居胥的豪情壮志;我们可以读到"转斗岂长策,和亲非远图。惟昔李将军,按节临此都"中对唐王朝边塞政策的清醒认识;我们可以读到"君不见沙场征战苦,至今犹忆李将军"中呼唤贤将的良苦用心;我们可以读到"相看白刃血纷纷,死节从来岂顾勋"中誓死报国的英雄气概;我们也可以读到"战士军前半死生,美人帐下犹歌舞"中针砭时弊的一针见血;我们还可以读到"常怀感激心,愿效纵横谟。倚剑欲谁语,关河空郁纡"中壮志难酬的悲伤苦闷。

严羽在《沧浪诗话》中曾评价说:"高、岑之诗悲壮,读之使人感慨。"为什么令人感慨呢?因为高适作为一个边塞诗人,从来都不局限于描绘"地出北庭尽,城临西海寒"的边塞风景,而是着眼于国家,着眼于时代,时刻保持着牵挂国家命运的忧患之心。无论是早期在《蓟门行五首》中对老年士兵的同情,对轻启战端、优待降胡却不恤唐人士卒现象的揭露,还是后期在《睢阳酬别畅大判官》中写道:

> 降胡满蓟门,一一能射雕。
> 军中多宴乐,马上何轻趫。
> 戎狄本无厌,羁縻非一朝。
> 饥附诚足用,饱飞安可招。

高适再一次表达了对降胡、对戎狄贪得无厌、狼子野心的警觉,他的深谋远虑也在后来安禄山等人的反叛中得到了验证。

他勇敢揭露边塞的现实问题，又积极为此出谋划策，甚至主动投身边塞杀敌报国。

高适不仅是一个传达盛唐之音的诗人，让我们领略了那个时代的雄浑英勇之美，也是一个知行合一的戎帅。后来朝廷派他镇守西南防范吐蕃，他在去四川的路上，写下了《酬裴员外以诗代书》（以下为节选）：

> 胡骑犯龙山，乘舆经马嵬。
> 千官无倚著，万姓徒悲哀。
> 诛吕鬼神动，安刘天地开。
> 奔波走风尘，倏忽值云雷。
> 拥旄出淮甸，入幕征楚材。
> 誓当剪鲸鲵，永以竭驽骀。

那个时候，他刚刚被小人排挤，赋闲在家，仕途岌岌可危，但是一旦朝廷起用他，他没有丝毫懈怠。

于是一位近六十岁的老人，再次骑上战马，来到边关，来到对抗吐蕃的前线，来到最危险的地方。

高适最后一次深情地回顾了自己的一生。他一生坎坷，沉沦草

第五章　戎帅：以剑为诗，以国为家

泽近五十年，但是他始终关注国家命运，并在时代的浪潮中勇做弄潮儿，所以在人生的后半段，他能写下鸿篇巨制：镇守潼关，出镇淮南，平定李璘之乱。虽然历史上有收复幽燕之地的乐毅和千里刺秦的荆轲为国尽忠却下场悲惨的前车之鉴，但是高适毫不在乎，他心中有宓子贱，他眼里有国家大义。

此去西南，就算面对吐蕃这样的鲸鲵敌人，他也会誓死以抗。

高适用行动证明了：老兵不死，只是逐渐凋零。

但是诗歌不会凋零。

每次我们读到这些边塞诗，感受到的不仅仅是诗人的豪情万丈，从曹植的"捐躯赴国难，视死忽如归"，到高适的"誓当剪鲸鲵，永以竭驽骀"，我们看到的更多是诗中燃烧的熊熊爱国心，是"天下兴亡，匹夫有责"的担当。

今天的世界，和平之下，国家之间的冲突如暗流涌动，战争仍然时有发生。我们之所以能坐在窗明几净的室内工作、学习、生活，是因为有一群勇敢的军人在边境保家卫国。2020 年，印度军人越过中印边境线，肆意挑衅，与中国军人发生冲突，戍边的战士陈祥榕毅然突入重围，奋力反击，他英勇牺牲时，只有十九岁，他曾写下："清澈的爱，只为中国。"陈祥榕牺牲后，他的母亲问道："我儿在战场上勇敢不勇敢？"

作家魏巍曾在著名的《谁是最可爱的人》中写道："谁是我们最可爱的人呢？我们的战士，我感到他们是最可爱的人。"

和平从来来之不易，古有岳母刺字，今有陈母问勇。千百年来，中国正是因为一批批前赴后继的军人不顾个人安危，保家卫国，才拥有如今国家的强大，文明的生生不息。

透过一千多年的历史，在高适身上，我们看到他数次在国家危难之时，投笔从戎，扛起军人的责任，无论在东北、西北，还是最后在西南，他都能将个人追求融入时代召唤，置个人荣誉于国家大局之下，用戎马倥偬的报国之心写下了壮阔的人生之诗，也难怪《旧唐书》中称赞他："适以诗人为戎帅，险难之际，名节不亏，君子哉！"

威风
古人

MIGHTY
ANCIENT

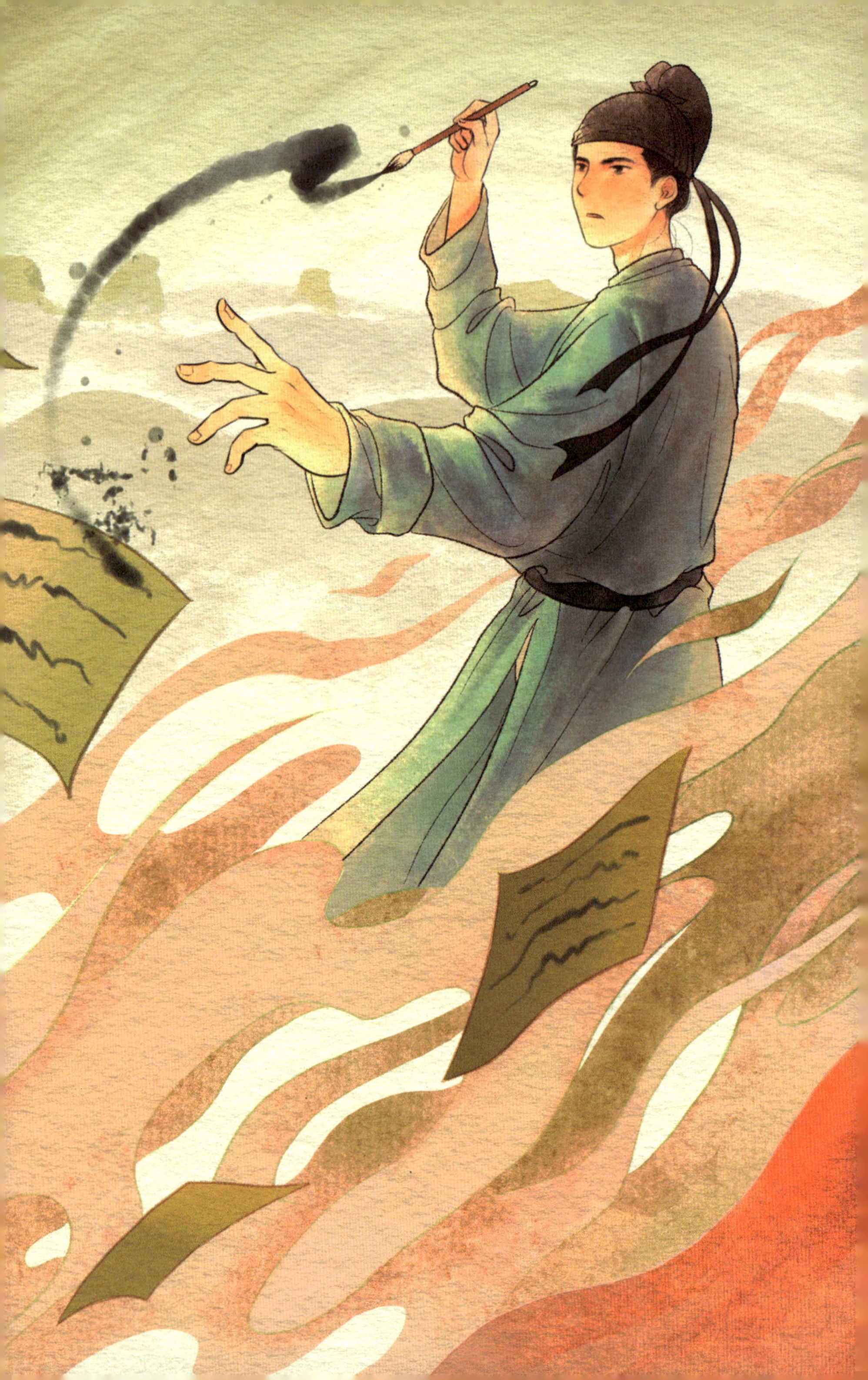

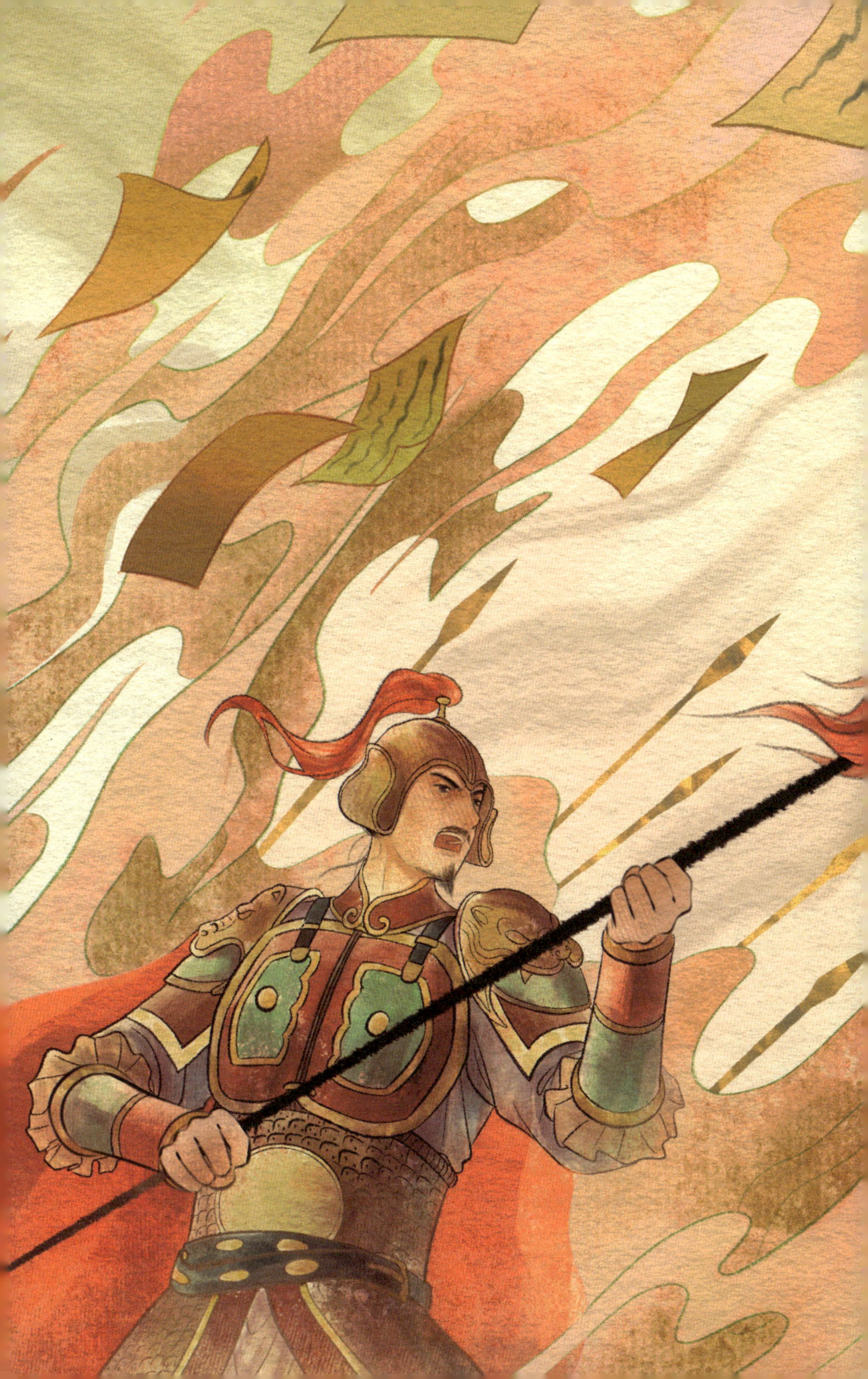

威风
古人

MIGHTY
ANCIENT

第六章

友情：人生路漫漫，幸好还有朋友

一

大历五年（770）正月二十一日，还处在漂泊中的杜甫整理旧稿时，翻到一首诗，突然泪流满面。

这首诗是高适在上元二年（761）写给他的《人日寄杜二拾遗》：

>人日题诗寄草堂，遥怜故人思故乡。
>柳条弄色不忍见，梅花满枝空断肠。
>身在南蕃无所预，心怀百忧复千虑。
>今年人日空相忆，明年人日知何处。
>一卧东山三十春，岂知书剑老风尘。
>龙钟还忝二千石，愧尔东西南北人。

这一天是人日，在传统习俗中，正月初七为人日。这个时候，四十九岁的杜甫刚刚在成都安定下来，六十一岁的高适正在蜀州做

第六章　友情：人生路漫漫，幸好还有朋友

刺史。

也许是思念老友了，也许是感叹时光的流逝，高适给杜甫寄去了这首诗。

此时，高适已经步入人生的最后时光，而他和杜甫的友情还要从开元二十七年说起。

开元二十七年（739）秋天，高适漫游四方，在汶上结识了正在齐鲁一带漫游的杜甫。此时杜甫求仕失意，高适也是人生不得意，同是天涯沦落人，两人一见如故。从这一刻开始，两人开始了长达二十多年的友谊，直到公元 765 年高适去世。

最令后人憧憬的当然还是天宝三载（744）那一年，高适、杜甫、李白三人同游梁、宋。三人先是来到汴州的夷门，寻访侠士侯嬴曾经看门的地方，接着在吹台（今禹王台）上饮酒作诗，又携手来到宋州的梁园，在梁孝王建造的吹台旧址上望月怀远，抚今思古。

《唐才子传》中记载："（高适）与李白、杜甫会，酒酣登吹台，慷慨悲歌，临风怀古。"

夏夜的凉风一吹，刚刚喝过酒的诗人灵感大发，纷纷借酒赋诗。

李白写下了《侠客行》，又写下著名的《梁园吟》，还引发了一场千金买壁的爱情故事。

而高适洋洋洒洒，留下一首《古大梁行》：

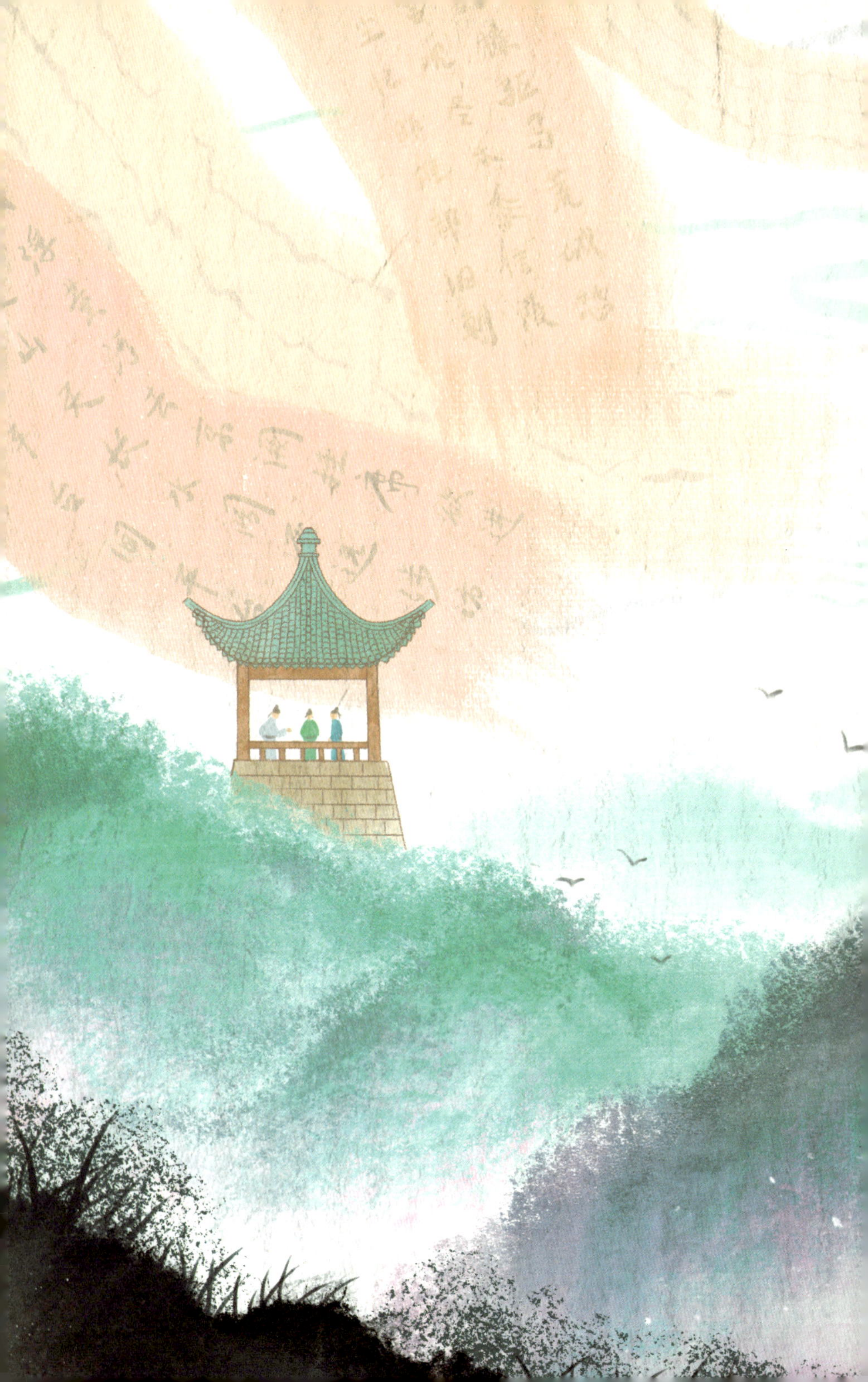

李白　杜甫

古城莽苍饶荆榛，驱马荒城愁杀人。

魏王宫观尽禾黍，信陵宾客随灰尘。

忆昨雄都旧朝市，轩车照耀歌钟起。

军容带甲三十万，国步连营一千里。

全盛须臾那可论，高台曲池无复存。

遗墟但见狐狸迹，古地空馀草木根。

暮天摇落伤怀抱，抚剑悲歌对秋草。

侠客犹传朱亥名，行人尚识夷门道。

白璧黄金万户侯，宝刀骏马填山丘。

年代凄凉不可问，往来唯见水东流。

  昔日繁华的魏国宫殿如今变成了一片废墟，成了狐狸藏身、杂草生长的地方，兴亡交替，难以预料，高适联想起自己的身世，这怎么不令人唏嘘呢？

  今天的古吹台还专门为高适、李白、杜甫三人建造了一座三贤祠，殿内的塑像栩栩如生，高适英气，李白潇洒，杜甫沉稳，仿佛当年。这也是中国人对三人同游的美好遐想和纪念。

  后来，三人又来到单父的古琴台，追思了先贤宓子贱。对这位贤士，高适似乎有更多共鸣，一挥笔写下了《同群公秋登琴台》《宓公琴台诗三首》，对抚琴而治的宓子贱很是崇拜。

"琴和人亦闲，千载称其才。"

站在高高的琴台上，对着一望无际的原野，似乎可以一直看到遥远的边塞。清寒的秋风中，苍茫的乌云下，三人聊起了人生理想，聊起了国家兴亡，聊起了唐玄宗的穷兵黩武和边塞隐藏的危机："君王无所惜，驾驭英雄材。幽燕盛用武，供给亦劳哉。"

当然，最爽快的还是在菏泽狩猎。在北海太守李邕的带领下，三人骑高马，弯烈弓，射豺狼，追麋鹿，让一切烦恼暂时远去，让所有失意统统消失，就在这一刻，就在当下，纵情高歌，肆意欢笑，酣畅淋漓，好不快意！

同群公出猎海上（节选）
高适

畋猎自古昔，况伊心赏俱。

偶与群公游，旷然出平芜。

层阴涨溟海，杀气穷幽都。

鹰隼何翩翩，驰骤相传呼。

豺狼窜榛莽，麋鹿罹艰虞。

高鸟下骄弓，困兽斗匹夫。

尘惊大泽晦，火燎深林枯。

这是多么紧张激烈又美好的画面，如果记忆可以变成一颗颗珍珠，那么这一段经历将是他们记忆中最璀璨的一颗夜明珠。

很久之后，晚年漂泊的杜甫总会在落日之中，在时光的沧海中，多次捡起这一颗夜明珠，孤独地回忆起三人曾经同游的一幕幕。

"昔者与高李，同登单父台。"

"忆与高李辈，论交入酒垆。两公壮藻思，得我色敷腴。气酣登吹台，怀古视平芜。芒砀云一去，雁鹜空相呼。"

即使过去了很多年，一想起还是令人热血沸腾啊。

虽然和高适相差十二岁，但是杜甫很懂高适。他和高适一样经历了多次科举不中，也都有着重振家族的愿望，看着高适壮志未酬，杜甫安慰他："男儿功名遂，亦在老大时。"他鼓励高适积极去边塞建功："边城有余力，早寄从军诗。"当高适终于要入幕哥舒翰时，正在京城的杜甫前去相送，看着一身戎装的高适，杜甫毫不吝啬自己的夸赞："高生跨鞍马，有似幽并儿。脱身簿尉中，始与捶楚辞。"

你看你意气风发的样子，真帅！你终于脱离了讨厌的县尉生活,奔赴大好前程,一定要加油啊!但是这一次分别,就像天上的参星与商星,很难再见面了,我为此常常痛恨不能随你一起。

"常恨结欢浅,各在天一涯。又如参与商,惨惨中肠悲。惊风吹鸿鹄,不得相追随。"

杜甫心思细腻,在高适入幕河西后,也常常托人打听高适的消息:"因君问消息,好在阮元瑜?"

在得知高适在仕途上越走越顺利时,他也由衷地感到高兴:"主将收才子,崆峒足凯歌。闻君已朱绂,且得慰蹉跎。"

除了仕途上的肯定,杜甫还非常认可高适的诗才,"美名人不及,佳句法如何""高岑殊缓步,沈鲍得同行。意惬关飞动,篇终接混茫"。

杜甫是第一位把高适和岑参并列肯定的诗人,后世把高适、岑参并称"高岑",当作边塞诗派的代表也由此而来。

孔子说:"朋友切切偲偲。"

真正的朋友之间,总是互相勉励,共同成长。

在仕途上鼓励你、支持你,在文才上肯定你,在生活上又总是挂念你,这样的朋友哪里去找呢?虽然杜甫偶尔也有点小情绪。当仕途一路攀升的高适越来越忙,并没有多少时间给友人写信时,杜甫就写道:"安稳高詹事,兵戈久索居。时来如宦达,岁晚莫情疏。天上多鸿雁,池中足鲤鱼。相看过半百,不寄一行书。"

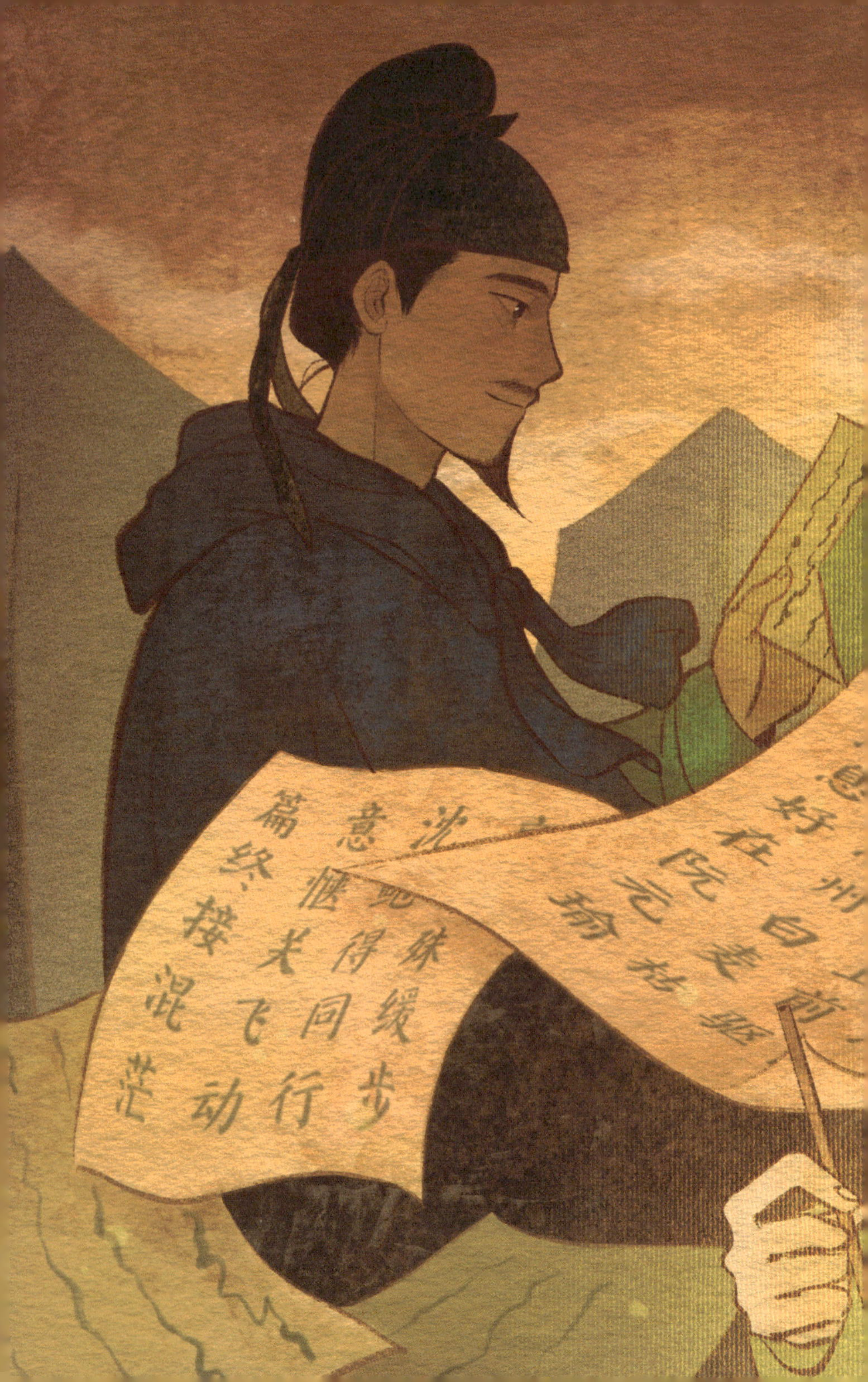
意惬关飞动
篇终接混茫

黄尘
念子弟何沙
早其有当漠
岁从军归
诗力

汉使
犹宠锡归
因君河黄
河元突宇飞

杜甫

都很长时间了,不寄一封书信!还记得鸿雁传书、鱼传尺素不?杜甫多次暗示高适莫忘友情,这也是好朋友之间才有的嗔怪。

高适当然没有忘记杜甫这个好朋友,他和杜甫的友谊属于"行色秋将晚,交情老更亲"。

当杜甫一路辗转来到成都,暂住寺庙中时,高适赶忙写信去问候。

赠杜二拾遗
高适

传道招提客,诗书自讨论。
佛香时入院,僧饭屡过门。
听法还应难,寻经剩欲翻。
草玄今已毕,此外复何言。

这是高适对刚来成都的杜甫生活的想象,他猜想杜甫在寺庙中听佛寻经,写诗作赋,而杜甫也马上回了一首《酬高使君相赠》:"古寺僧牢落,空房客寓居。故人供禄米,邻舍与园蔬。双树容听法,三车肯载书。草玄吾岂敢,赋或似相如。"对高适的猜想一一回应。

你有问,我必答。

第六章　友情：人生路漫漫，幸好还有朋友

这样的细节展示了两人对彼此的牵挂，足见感情之深挚。

得知杜甫在成都还没有安身之所，高适又积极联系朋友，帮助杜甫在浣花溪旁盖起一座草堂，漂泊多年的杜甫从此有了房，有了安身之所，这是杜甫人生中难得的一段安定时期，他也因此写下了很多心情大好的舒畅之作。

绝句二首·其一
杜甫

迟日江山丽，春风花草香。
泥融飞燕子，沙暖睡鸳鸯。

江畔独步寻花七绝句·其六
杜甫

黄四娘家花满蹊，千朵万朵压枝低。
留连戏蝶时时舞，自在娇莺恰恰啼。

当高适来草堂做客，打趣杜甫年老畏冷要多喝点酒时，杜甫则

写诗回敬:"移樽劝山简,头白恐风寒。"

山简是"竹林七贤"山涛之子,这里借指高适。高兄,你年纪比我更大,你更应该多喝点!

两人就像孩童斗嘴一般,这是由于关系亲近才自然流露的天真无邪。

当杜甫无米下炊的时候,他会直接写信向高适求助:"百年已过半,秋至转饥寒。为问彭州牧,何时救急难。"

老哥哥,秋天到了,天气转冷,无米下锅、无衣保暖了,什么时候救救急啊?

周勋初先生曾评价这首诗说:"杜甫以兄弟情义求助,足证二人交情非同一般。"若不是亲密无间的关系,杜甫也不会如此率直,毫不拘谨。

明朝王嗣奭在《杜臆》中有一句评语:"高杜交契最久,故赠诗不作谀辞。"这是因为高适和杜甫的友谊是"天涯喜相见,披豁对吾真",随着岁月的流逝,见惯了人生起落的高适,对这份友谊也是愈加珍重,所以才会在正月初七感念杜甫,写下《人日寄杜二拾遗》。在这首诗中,他怜惜杜甫流落草堂,因此看见萌芽的柳条和满树盛开的梅花却丝毫没有心情欣赏,而是心中难过:"今年人日空相忆,明年人日知何处。"

第六章　友情：人生路漫漫，幸好还有朋友

今年人日我们还可以隔空思念，明年的今天我们又会在哪里呢？

情真意切、悲怆动人，这是高适写给杜甫的最后一首诗，也是高适现存诗集中留下的人生最后一首诗。

四年后，高适去世。当时，杜甫沿着长江南下，正穿过三峡，突然听到高适去世的消息，心中悲恸，写下《闻高常侍亡》：

> 归朝不相见，蜀使忽传亡。
> 虚历金华省，何殊地下郎。
> 致君丹槛折，哭友白云长。
> 独步诗名在，只令故旧伤。

江水漫漫，白云悠悠，人生短暂，独留悲伤。

从年轻时高适和杜甫在汶上第一次见面，到高适去世，杜甫是高适所有朋友中交情最长久之人，在杜甫眼里，高适永远是那个"汶上相逢年颇多，飞腾无那故人何"的老大哥。两人秉性相投，诗风上也渐趋一致，可以说，诗圣杜甫晚年沉郁顿挫诗风的练就离不开高适现实主义诗风的影响，两人亦是创作上的神交。虽然在《西山三首》等诗中能看出杜甫在政见上和高适有不同之处，但杜甫非常认同高适是"总戎楚蜀应全未，方驾曹刘不啻过"的国家栋梁。君

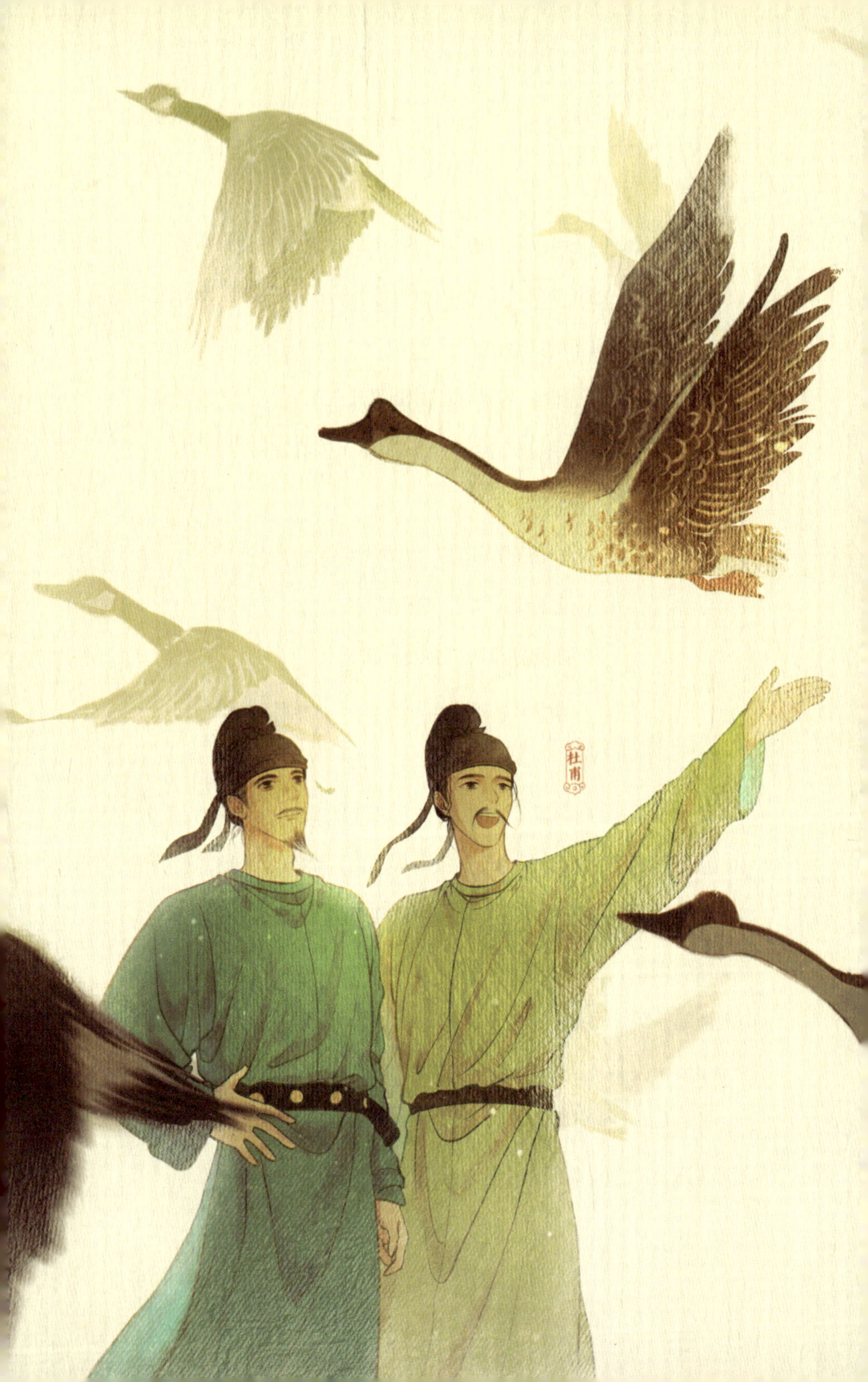
杜甫

第六章　友情：人生路漫漫，幸好还有朋友

子之交，和而不同。两人如苏东坡和王安石一般，懂得欣赏彼此的优点。

公元770年，在人生的最后时光，杜甫不知要查对什么，便去翻阅旧稿，突然看到高适最后写给他的《人日寄杜二拾遗》，一时不能自已，泪洒行间。当时高适已经去世五年了，故友阴阳相隔，杜甫却提起笔，给高适写了回信：

追酬故高蜀州人日见寄
杜甫

自蒙蜀州人日作，不意清诗久零落。
今晨散帙眼忽开，迸泪幽吟事如昨。
呜呼壮士多慷慨，合沓高名动寥廓。
叹我凄凄求友篇，感时郁郁匡君略。
锦里春光空烂熳，瑶墀侍臣已冥寞。
潇湘水国傍鼋鼍，鄠杜秋天失雕鹗。
东西南北更谁论，白首扁舟病独存。
遥拱北辰缠寇盗，欲倾东海洗乾坤。
边塞西蕃最充斥，衣冠南渡多崩奔。

鼓瑟至今悲帝子,曳裾何处觅王门。

文章曹植波澜阔,服食刘安德业尊。

长笛邻家乱愁思,昭州词翰与招魂。

字字血泪,其中情感,令人心碎。这也是杜甫写给高适的最后一首诗。

二

公元757年秋天,浔阳狱中,一位大诗人正在奋笔疾书:

送张秀才谒高中丞

李白

秦帝沦玉镜,留侯降氛氲。

感激黄石老,经过沧海君。

壮士挥金槌,报仇六国闻。

智勇冠终古,萧陈难与群。

两龙争斗时,天地动风云。

第六章　友情：人生路漫漫，幸好还有朋友

酒酣舞长剑，仓卒解汉纷。

宇宙初倒悬，鸿沟势将分。

英谋信奇绝，夫子扬清芬。

胡月入紫微，三光乱天文。

高公镇淮海，谈笑却妖氛。

采尔幕中画，戡难光殊勋。

我无燕霜感，玉石俱烧焚。

但洒一行泪，临歧竟何云。

这位诗人就是李白。在永王李璘的叛乱中，他高声为李璘唱赞歌，写颂诗："我王楼舰轻秦汉，却似文皇欲渡辽。"而且一连写了十一首《永王东巡歌》，因此当李璘兵败被杀后，他被作为要犯抓了起来。

他奋笔疾书的这首诗是《送张秀才谒高中丞》，表面上是一首送别诗，送给一位叫张孟熊的秀才，但是他又特别加上了一位故人的名字——高适。

高适是李白的老朋友，但是高适现在的身份很特殊，他是皇帝派出征讨永王李璘一方的主帅——淮南节度使兼扬州大都督长史。李白在这首诗里含蓄地向高适求救：您镇守淮海，谈笑之间就平定

了叛乱。皇上采纳了您的建议,您功勋卓绝。我没有冤屈,但是我常常想玉石俱焚。不知道该说些什么,泪水已经表达了一切。

高适和李白的友情还要从十几年前——天宝三载(744)同游梁、宋说起,再加上杜甫,三人吹台吹风、琴台怀古,又一同狩猎孟渚泽、出猎菏泽,还一起拜访王屋山寻仙问道,实在是一段裘马轻狂的快乐时光。

那时候高适为李白作诗:

宋中别周梁李三子(节选)
高适

李侯怀英雄,肮脏乃天资。

方寸且无间,衣冠当在斯。

俱为千里游,忽念两乡辞。

且见壮心在,莫嗟携手迟。

在高适眼里,李白是潇洒不羁的天才。

那时候,李白也为高适作诗:

第六章　友情：人生路漫漫，幸好还有朋友

侠客行

李白

赵客缦胡缨，吴钩霜雪明。

银鞍照白马，飒沓如流星。

十步杀一人，千里不留行。

事了拂衣去，深藏身与名。

闲过信陵饮，脱剑膝前横。

将炙啖朱亥，持觞劝侯嬴。

三杯吐然诺，五岳倒为轻。

眼花耳热后，意气素霓生。

救赵挥金槌，邯郸先震惊。

千秋二壮士，烜赫大梁城。

纵死侠骨香，不惭世上英。

谁能书阁下，白首太玄经。

在李白眼里，高适是英姿勃发的侠客。

两人也有过一段互相欣赏、相看两不厌的时期，但高适和李白的友情却不是高适和杜甫那种"交情老更亲"，而是"交情老更疏"，自公元747年山东分别之后，两人几乎没有留下任何相互来往的信件。高适和李白的友情也不是"披豁对吾真"，一个低调务实，一个潇洒浪漫，尤其是李白渐渐走上了道家的修仙之道，与高适的"永愿拯刍荛，孰云干鼎镬"渐行渐远，这种性格上的差异让李白在写《送张秀才谒高中丞》时也表现得很扭捏，尽管觉得自己很委屈，但非要说自己没有冤屈，明明是急切地想请高适帮忙，却非要假借张秀才之名，并强调是自己读《留侯传》时想到了高适，这和杜甫对高适的直来直往对比起来天差地别。

余时系浔阳狱中，正读《留侯传》。秀才张孟熊蕴灭胡之策，将之广陵谒高中丞。余嘉子房之风，感激于斯人，因作是诗以送之。

明代文学家胡震亨曾写道："高适，诗人之达者也。其人故不同甫善房琯，适议独与琯左。白误受永王璘辟，适独察璘反萌，豫为备。二子穷而适达，又何疑问也。"

高适在经历了世事的磨炼之后，对时局的把握和认知早已远超两位昔日老友。

房琯是个好大喜功的人，不务实事，导致唐王朝损失了四万士

第六章　友情：人生路漫漫，幸好还有朋友

兵，唐肃宗因此要贬官房琯，但是杜甫分不清局势，上书为房琯开脱求情，缺乏政治眼光。

而在永王之乱事件上，李白被永王的口号迷惑，选择投靠永王，甚至把永王比作李世民，而高适却能敏锐地捕捉到永王的反心，并用智慧巧妙化解叛乱，这就是政治觉悟上的差距。

所以当李白委婉地向高适求救时，高适选择了回避。一个是手握大权的地方统帅，一个是名噪天下的叛乱文人。如果高适有半点救援李白的明确信号，刚刚建立新朝还不稳定的唐肃宗会怎么想呢？所有的矛盾和焦点都会集中在这位名噪天下的诗人身上，毕竟他当时已经"世人皆欲杀"了，置身于兄弟夺权的复杂斗争中，又犯了在任何一个王朝都不可饶恕的大罪，高适早已敏锐察觉，此时的局势让他如履薄冰，一步棋走错，李白就会遭受更严厉的处置，甚至活不过那一年的秋天。

李白无法领会这其中的深意，他病急乱投医，甚至写诗向唐肃宗宠信的崔涣求救，又积极联络各方的熟人，比如宋若思，虽然宋若思把李白从浔阳狱中救出，但参与此次事件的崔涣很快被罢相，贬官外地，而李白最终还是难逃"流放夜郎"的判决。

这个秋天，李白和高适绝交，一段交往了十几年的友情从此结束，李白烧掉了和高适来往的所有信件，他写下《君马黄》（以下为节选）：

> 猛虎落陷阱，壮士时屈厄。
> 相知在急难，独好亦何益。

他愤恨：真正的友谊就是在危难时能相互帮助，关键时刻独善其身还算什么朋友？

他又写下《箜篌谣》（以下为节选）：

> 兄弟尚路人，吾心安所从。
> 他人方寸间，山海几千重。
> 轻言托朋友，对面九疑峰。
> 开花必早落，桃李不如松。
> 管鲍久已死，何人继其踪。

他质疑：哪里还有什么真正的友谊？兄弟尚且成了路人，我的心要去往何处呢？世上还有多少人能像管仲和鲍叔牙那样？

李白似乎对友谊万念俱灰，他和高适的绝交甚至还波及了"梁园三剑客"中另一位好友杜甫，李白因为杜甫和高适走得近，从此也和杜甫断绝了联系。

昔日梁园三剑客携手同游的画面，终究成了永远的回忆。

人之相与，必有同好，而人之秉性，又往往各不相同。

高适和李白的友情从同好开始，结束于秉性不同。

很多年以后，高适在最后一首诗中写道："龙钟还忝二千石，愧尔东西南北人。"

不知道这个"愧"中有没有那个曾经一起把酒言欢的李白？

三

唐代文人薛用弱在《集异记》中记载了这样一个故事：唐玄宗开元年间，高适、王昌龄、王之涣因为志趣相投，常常聚在一起喝酒论诗。

有一年冬天，飘着微雪，三人来到一家酒楼聚会，忽然来了十余位梨园子弟登楼宴饮。三人围着小火炉，一边小酌一边看着他们表演节目。这其中有四位摇曳生姿、气质出众的女子，正在演奏当时有名的曲子。于是王昌龄说道："我们三人都算诗坛上有名的诗人了，但是一直未分高下，今天正逢良机，听听她们演奏的歌曲，谁的诗编入曲子中最多，谁就最优秀。"

一位歌女首先唱道："寒雨连江夜入吴，平明送客楚山孤。洛阳亲友如相问，一片冰心在玉壶。"这是王昌龄的《芙蓉楼送辛渐》，于是王昌龄在墙壁上标记：王昌龄绝句一首。

接着一位歌女唱道："开箧泪沾臆，见君前日书。夜台今寂寞，犹是子云居……"

这是高适的《哭单父梁九少府》，高适在墙壁上画了一道：高适诗一首。

第三位歌女唱道："奉帚平明金殿开，且将团扇共徘徊。玉颜不及寒鸦色，犹带昭阳日影来。"这是王昌龄的《长信秋词》，王昌龄得意扬扬，在墙壁上标注：王昌龄绝句两首。

王之涣自认为成名很久，没想到一连三首，竟无人唱他的诗，面子上有点挂不住，但仍倔强地说道："这几个都是不入流的歌女，只能唱唱下里巴人的诗，那些阳春白雪的高雅诗作，她们唱不来。"他指着这其中最漂亮、最出色的一位歌女说道："如果她唱的不是我的诗，我这辈子不和你们争高低；如果她唱我的诗，你们就拜在我面前，尊我为师吧。"

于是三人都盯着这位歌女。

几声琵琶声响起后，这位梳着漂亮双鬟的歌女唱道："黄河远上白云间，一片孤城万仞山。羌笛何须怨杨柳，春风不度玉门关。"正是王之涣的名作《凉州词》。王之涣很得意，揶揄高适和王昌龄："怎么样？快拜我为师吧。"

第六章　友情：人生路漫漫，幸好还有朋友

三人开怀大笑。

这便是著名的"旗亭画壁"的故事，旗亭就是酒楼。这个比诗的故事让我们借此一窥大唐的诗意风流，也见证了三人的友谊，再加上岑参，四人便组成了大名鼎鼎的"边塞四剑客"，他们不仅在诗坛上棋逢对手，推动了唐代边塞诗的发展，在生活中也惺惺相惜。

公元756年，王昌龄离开龙标还乡，路经亳州，亳州刺史闾丘晓嫉妒其才华，竟然将其逮捕并私自残忍杀害，一代诗家天子就此殒命。不久，睢阳被叛军围困，陷入绝境。河南节度使张镐传令睢阳附近唐军救援，但是闾丘晓畏敌不前，作壁上观。等高适和张镐率军千里驰援赶到睢阳时，睢阳已被叛军攻陷三天，守军张巡等人皆被杀。

张镐命人绑来闾丘晓准备杖杀以正军威，闾丘晓连忙跪地求饶："有亲，乞贷余命。"意思是他上有老下有小，求饶过一命。但是张镐很快用一句话堵住了他："王昌龄之亲欲与谁养？"王昌龄一家老小，有谁来养？于是杀了闾丘晓。

其实当时作壁上观不愿去支援睢阳的军队有很多，再加上闾丘晓的求饶，他本可免去一死，毕竟张镐跟王昌龄私下也不是很熟，为什么非要置闾丘晓于死地呢？

因为高适和王昌龄很熟，唐人范摅在笔记小说《云溪友议》中写道："高适侍御与王江宁昌龄申冤，当时用为义士也。"让张镐

用王昌龄堵住闾丘晓的自然是高适。

当时听到好友王昌龄被害时,高适悲恸欲绝,却无能为力;后来高适做了淮南节度使,终于有力量,也有了机会,他一定要为好友报仇。高适对朋友仁至义尽。

四

人人都说哥舒翰是高适的伯乐,但他更是高适的知己。

登陇
高适

陇头远行客,陇上分流水。
流水无尽期,行人未云已。
浅才登一命,孤剑通万里。
岂不思故乡?从来感知己。

这是高适在诗中将哥舒翰视作知己。

当高适的名作《燕歌行》被朝野争相传阅的时候,哥舒翰也成了高适的粉丝。他欣赏且认可高适的才华，所以当高适千里投奔的时候，哥舒翰立刻举荐高适为左骁卫兵曹，高适因此成为哥舒翰幕府掌书记，这是一个仅次于判官的军队文职高官。

《旧唐书》记载："河西节度哥舒翰见而异之，表为左骁卫兵曹，充翰府掌书记。"

千里马常有，而伯乐不常有。

一个是沉沦草泽多年的一介布衣。

一个是誉满天下的名将，皇帝眼中的红人。

当时有一首民歌称赞着这位帝国的西北支柱：

哥舒歌
西鄙人

北斗七星高，哥舒夜带刀。
至今窥牧马，不敢过临洮。

两人当时无论背景还是地位都相差很大，在讲究门第、讲究"圈子"的唐朝，两人一生中能见面都算是小概率事件，更不用说成为朋友。

但高适是幸运的，哥舒翰并没有因高适的布衣身份看低他，反而

哥舒翰

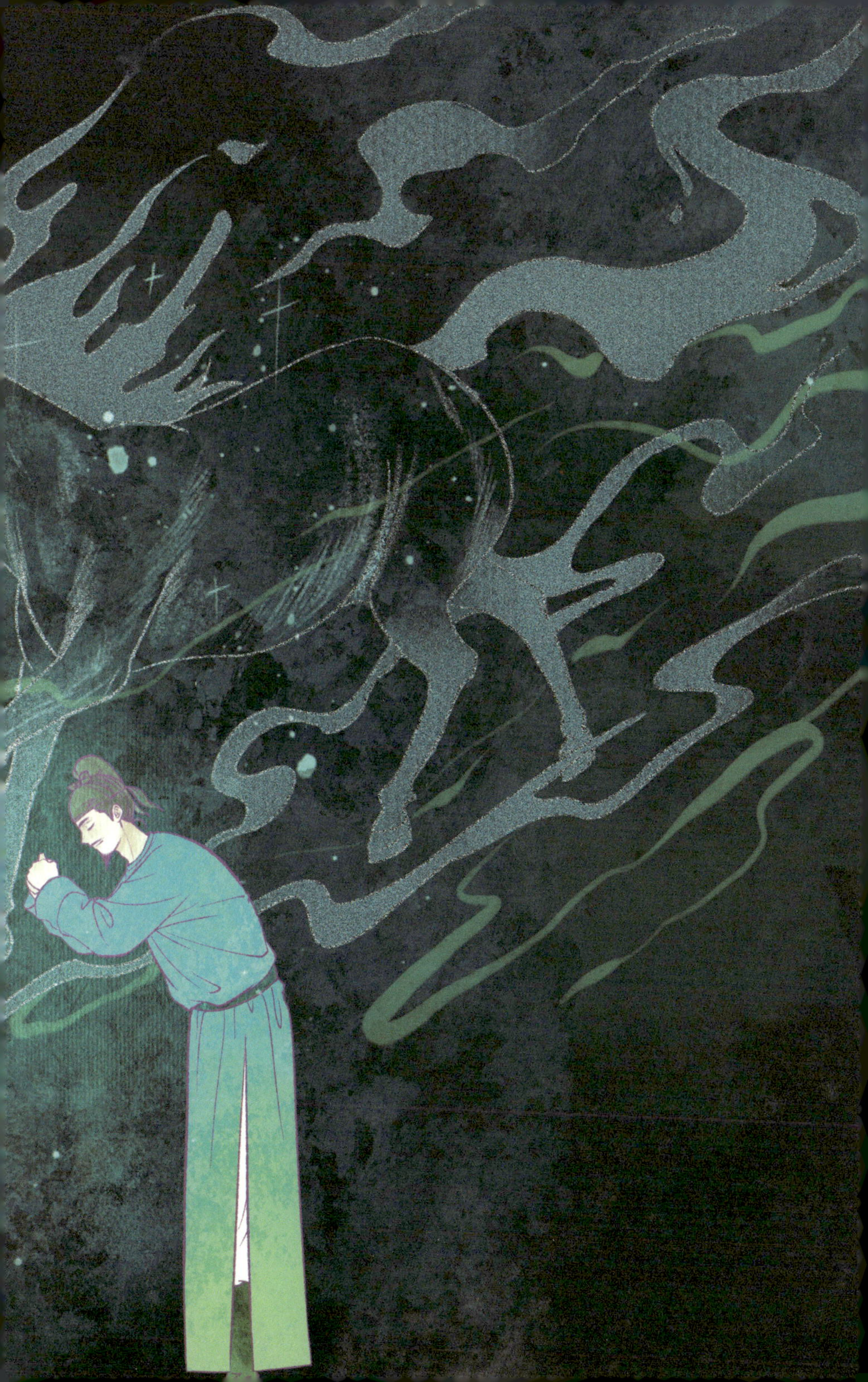

能在高适的诗文中看到他对于时事的高瞻远瞩和建功立业的理想。

哥舒翰肯定高适的才华，也让高适有了施展才华的舞台。

当哥舒翰收复九曲之地时，他会带上高适，让高适亲历战争，磨砺高适。

当哥舒翰入朝时，他也会带上高适，并在唐玄宗面前夸赞高适是奇才，为高适后来的崛起铺垫了道路。

在高适眼里，他看到哥舒翰收复大唐国土，安定边疆，称赞哥舒翰是功勋卓绝的国家栋梁。

九曲词三首·其一
高适

许国从来彻庙堂，连年不为在疆场。
将军天上封侯印，御史台中异姓王。

这种互相欣赏正是出于秉性相投，两人都是务实的戎帅，也都为人正直，"负气敢言"。当初哥舒翰蒙王忠嗣提携，当王忠嗣蒙冤受屈要被问斩时，哥舒翰挺身而出，力证王忠嗣的清白，愿意用自己的官爵为其赎罪，并一直跟在唐玄宗身后磕头，声泪俱下，终于感动了唐玄宗,免了王忠嗣死罪。

后来,哥舒翰在潼关兵败被俘,高适则快马加鞭赶到唐玄宗身边,将潼关兵败的原因陈述明白,力证哥舒翰对朝廷的忠贞。哥舒翰身死后,朝廷追赠哥舒翰为太尉,赐谥号"武愍",说明朝廷最终还是认可了哥舒翰对朝廷的贡献。

高适终于用自己的努力为知己画上了一个圆满的句号。

这既是知恩图报,也是朋友之间的互相成就。

五

每个人的心底都会放着这样一位特别的朋友,他是患难时遇见的,被称作患难之交。

你不会总跟人提起,但是他的分量很重,就像船上的压舱石。

在他面前,你可以放下所有戒备,毫无芥蒂,因为他见过你最落魄的样子。

在他面前,你会感到前所未有的安全感,因为他在你最落魄时还愿意陪伴你。

高适也有这样一位朋友,他没有名字,高适在诗中称呼他为韦参军。

参军是一个官名,职责是军事参谋,韦参军是宋州刺史的下属官员,他是高适在宋州落魄时期最亲密的朋友。

当高适多次在外求取功名不得灰溜溜地回来的时候,也曾像苏秦一样受过冷眼,像司马相如一样被别人嘲笑,但是只有韦参军从来没有看不起他。

当一个人成功的时候,他的身边自然都是朋友,但是当一个人跌入谷底的时候,身边还会留下多少人?所以中国有一句俗语:患难见真情。

韦参军是高适人生低谷时最要好的朋友,当高适穷得揭不开锅的时候,他接济过高适;当高适满身疲惫从远方归来时,他会在小酒馆摆好酒和肉,陪高适大口喝酒、大口吃肉。他们击筑高歌,仿佛笑傲江湖的侠士;他们孤灯对弈,仿佛隐遁世外的高人。他们会在春光明媚的清晨,去郊外踏青,欣赏婀娜多姿的杨柳;他们也会在秋风萧瑟的夜晚,为国家时局辩论不休,争得面红耳赤……

那是高适不得志的一段时光,也是他人生中难得有真朋友的快乐时光。

这样的时光,我们每一个人的一生中都会经历。这样的朋友,就像上学时某一年级一起上学放学的学伴,就像工作中曾经并肩共事的伙伴,这份感情虽然平凡,却会随着时间如美酒一样愈加醇厚。

第六章　友情：人生路漫漫，幸好还有朋友

但是人生的每一段时光都是短暂的，没有人会永远陪着你，人生就像快马加鞭，路过一个个驿站。

公元749年，高适被宋州刺史张九皋推荐，前去长安参加有道科考试。

他和这位好朋友韦参军将要分别。

好友有了实现理想的好机会，韦参军自然很开心，但是离别总是令人伤感的，他似乎不忍直接看着高适离去，于是背过身。

也许是这一转身给了高适无限追忆，过去的一幕幕如电光石火般重新闪现，他挥笔写下了著名的《别韦参军》：

二十解书剑，西游长安城。

举头望君门，屈指取公卿。

国风冲融迈三五，朝廷欢乐弥寰宇。

白璧皆言赐近臣，布衣不得干明主。

归来洛阳无负郭，东过梁宋非吾土。

兔苑为农岁不登，雁池垂钓心长苦。

世人遇我同众人，唯君于我最相亲。

且喜百年见交态，未尝一日辞家贫。

弹棋击筑白日晚，纵酒高歌杨柳春。

欢娱未尽分散去,使我惆怅惊心神。

丈夫不作儿女别,临歧涕泪沾衣巾。

这是我们第一次看到高适在诗中动情地叙述平生,他想起了很多过去,似乎俯仰之间,时光都匆匆溜走了,但是他永远记得"世人遇我同众人,唯君于我最相亲",他永远感激"且喜百年见交态,未尝一日辞家贫",他永远怀念"弹棋击筑白日晚,纵酒高歌杨柳春"。

我之所以能走过那些黑暗,我之所以能坚持至今,感谢有你的陪伴。

高适肝胆刻露,他是如此直白,却愈显真情,愈显深情,他一定很珍惜和韦参军的情谊。

他不知道以后还能不能遇到如韦参军这样的朋友。

患难之交为什么令人怀念呢?因为它让友谊回到了最本真的状态,不因地位高低,不因生活贫富,它一直在,依然温暖着你,如同寒冬里的一炉炭火,火苗虽不大,但那是唯一的热,是竹簸箕在时间的河流里千淘万漉留下的真金。

只会锦上添花的朋友并不是真正的朋友,能在患难中始终如一的朋友才是真正的朋友。

六

高适是一个善于结交朋友的人，他自己写道："脱略身外事，交游天下才。"

他的朋友圈，除了诗仙李白、诗圣杜甫，边塞诗人岑参、王昌龄、王之涣、李颀，朝廷重臣张九皋、哥舒翰，北海太守李邕，还有草圣张旭，他落魄时交好的韦参军，以及早年同他一起畅游长江两岸的好友梁洽……

人生多么漫长，幸好还有友情。

人生又何其短暂，幸好还有友情。

这其中有性情相投的挚友，有爱好一致的玩友，有酬唱互往的诗友，有欣赏彼此的知己，有低谷时陪伴的患难之交，还有友谊最开始的时候——那位记忆之中的儿时玩伴。

高适的儿时玩伴叫作梁洽，那时候高适的父亲还在世，梁洽算是他在最无忧无虑的年纪认识的"小"朋友，就像所有的少年一样，两人在天真烂漫的年龄曾一起出游，带着对大自然的好奇，带着要探索一切的冲劲，在水边学着渔翁装模作样地垂钓，爬上高山像大人一样赋诗；他们曾经在夏天坐着小船沿着南浦漂流，似乎有无穷无尽的精力，夜晚他们也不睡觉，在西江上望着皎洁的月光发呆，想象宇宙的奥妙……

但是随着高适父亲的去世,他也不得不和这位少年朋友分别,就像我们告别儿时的玩伴一样,这一次分开,山长水阔,音信难觅。时光飞逝,高适再一次听到梁洽的消息竟是他的去世。

人的年纪越大,越怕突然听到朋友的消息。

梁洽命途坎坷,生活贫困,常常为生计发愁,却志向坚定。他满腹才华,但是仕途一直不顺,历尽千辛万苦考中科举,来到单父做县尉,却发现自己位卑言轻。他多次上奏疏为国事操心献计,都不为所纳,甚至不断遭受官场的倾轧……

哭单父梁九少府
高适

开箧泪沾臆,见君前日书。

夜台今寂寞,犹是子云居。

畴昔贪灵奇,登临赋山水。

同舟南浦下,望月西江里。

契阔多别离,绸缪到生死。

九原即何处,万事皆如此。

晋山徒嵯峨,斯人已冥冥。

第六章 友情：人生路漫漫，幸好还有朋友

常时禄且薄，殁后家复贫。

妻子在远道，弟兄无一人！

十上多苦辛，一官常自哂。

青云将可致，白日忽先尽。

唯有身后名，空留无远近。

那封梁洽最近寄来的书信，高适已经不知道看了多少遍，蒙眬的泪眼中都是少年的回忆。

这是高适早年最为世人熟知的一首诗，在旗亭画壁的故事中，高适那首被歌女编入曲中传唱的诗正是《哭单父梁九少府》。

"妻子在远道，弟兄无一人！"

行走世间，当没有妻子儿女陪伴，也没有兄弟姐妹倾诉的时候，幸好还有朋友。

这也是高适的真实人生写照，高适为梁洽的命途多舛悲痛的同时，也是再一次解剖自己，他是另一个梁洽，虽然最后的他终于冲破了局限，实现了人生理想。

如果梁洽泉下有知，一定会为高适开心。

人为什么需要友情？

因为在朋友身上，我们得以照见真正的自己。

威风
古人

MIGHTY
ANCIENT

第七章

家族：书剑传承与发扬光大

一

公元 750 年的冬天，封丘县尉高适完成蓟北的送兵任务，准备回家，突然被一场大雪困住，只能暂住在一家旅馆。

夜晚，窗外大雪纷飞，窗内如豆的灯火孤独地摇曳着，高适突然想起，已经是除夕了。

此刻，故乡在千里之外，远方的亲人应该也正坐在炉火旁，想着遥远的自己吧。

除夜作

高适

旅馆寒灯独不眠，客心何事转凄然。
故乡今夜思千里，霜鬓明朝又一年。

第七章　家族：书剑传承与发扬光大

"旅馆寒灯独不眠"，高适当然睡不着，在这样的除夕夜，本该是鞭炮齐鸣、阖家团圆的日子，而自己和家人却远隔两地，孤独到只有一灯相伴，确实有点凄然，而此夜过去，自己又年长了一岁，两鬓的白发越来越多，但人生的前程似乎还看不到希望。

这是高适一生中少有的柔情时刻，也是高适在诗中少有地提及故乡、家庭。

在我们的印象中，当我们读到高适的诗时，似乎对高适的想象多是那个提着长剑长枪、跨着高头大马一往无前的形象。

但是再粗糙的硬汉心底都有一个柔弱的角落，藏着他的家人。

尤其是在这样一个对中国人来说最特别的节日，那一夜，在蓟北这个异乡，辗转难眠的高适一定想起了很多亲人，他的妻子，他的父母，他那位最崇拜的祖父。

二

高适的祖父高侃是唐初的名将，曾被唐太宗任命为右骁卫郎将，率回纥、仆骨等部讨伐挑衅唐朝的东突厥。在战场上，高侃展现了与众不同的军事才华，一路打到今天的阿尔泰山附近，捕获了东突厥的车鼻可汗，迫使其全部归降，并亲自押送车鼻可汗到太庙献俘。

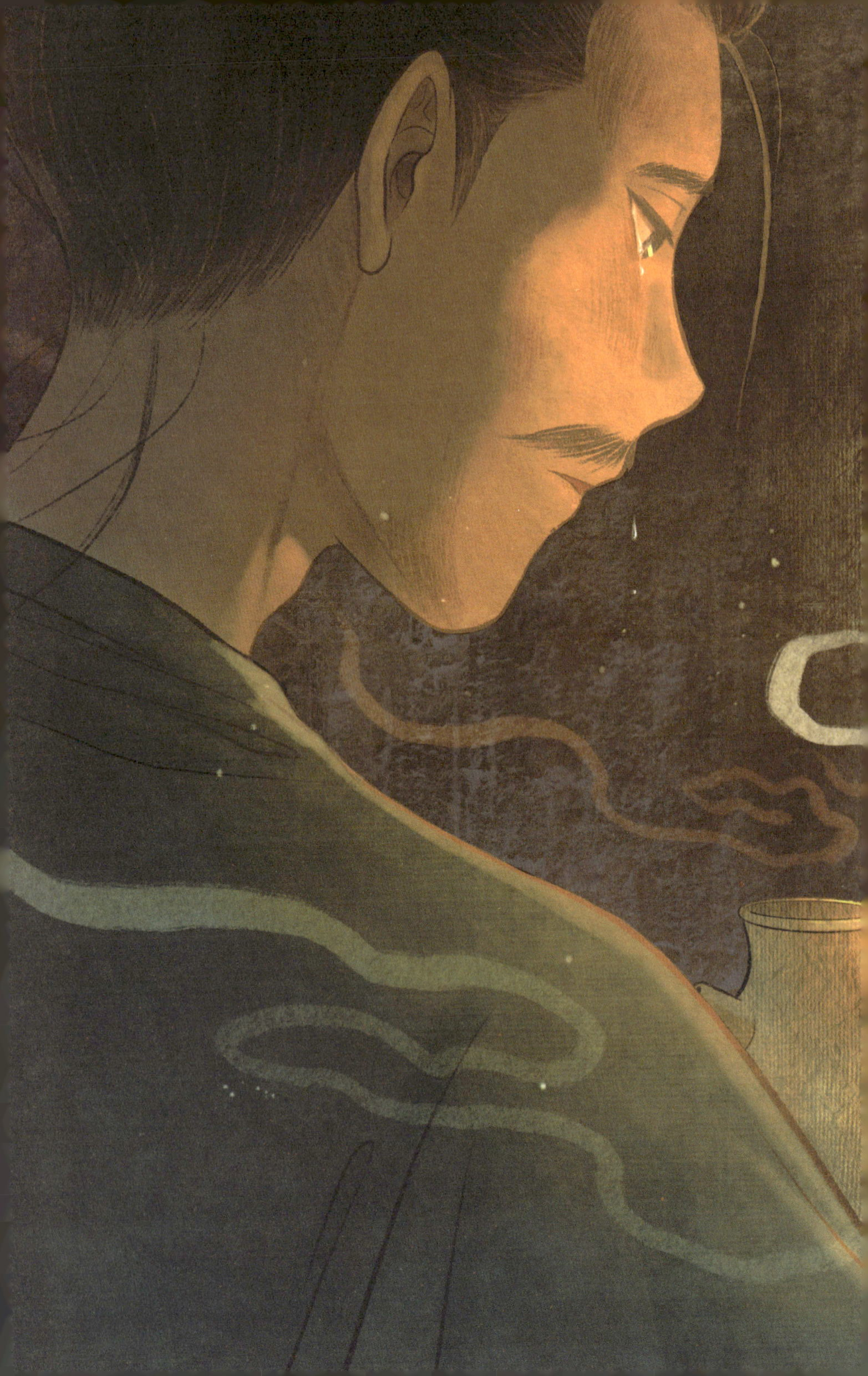

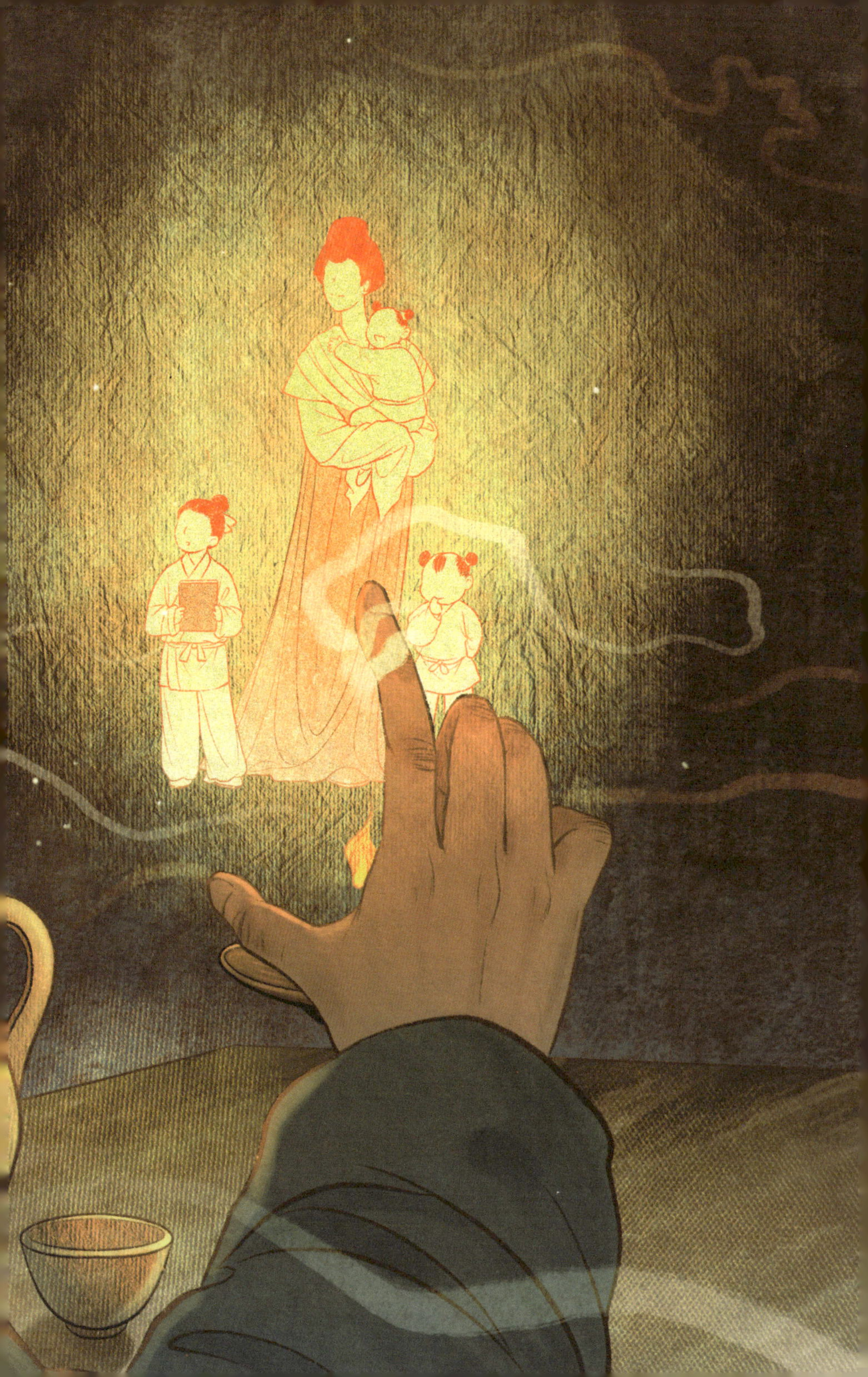

经此一战，高侃因功出任北庭安抚使。

后来，高侃又跟随契苾何力讨伐高句丽，在高句丽灭亡后留任安东都护，多次镇压了反叛的高句丽残部，并击败前来增援的新罗兵，维护了东北一带的稳定，因功升任陇右道持节大总管，并且获封平原郡开国公。不仅如此，高侃死后，因为战功卓著，得以陪葬唐高宗于乾陵，谥号"威"。

历史学家岑仲勉曾评价高侃："其功亦足与苏定方、王方翼相埒。"

这是高适家族荣耀的巅峰。

到了高适父亲高崇文时，家族的荣光已经式微，高崇文穷其一生只做到了岭南道的韶州长史，这是个从五品的官职，相对于祖父来说，这是个偏远地区不受重视的小官。至于为什么被外放到偏远的广东，历史上也缺少记载，只在一处墓志铭上这样写道：

唐故韶州长史高府君玄堂记

君讳崇文，字崇文，渤海蓨人也。春秋六十七，以开元七年五月十一日终于广陵私第。以开元八年岁次庚申六月壬午朔廿五日景午，迁窆于河南府洛阳县平阴里积润村北原，礼也。夫人渤海吴氏合葬茔。

杜闲

杜甫

全文只有几十个字,大意是唐朝韶州长史高崇文,是渤海蓨人,享年六十七岁,开元七年(719)在广陵的宅院去世。开元八年(次年)迁葬到洛阳平阴里一带,与夫人渤海吴氏合葬。

高崇文去世这一年,高适才十九岁。按照唐律规定达官贵人子孙可以由门荫出仕,高适父亲没资格荫,祖父只能荫长房长孙一人。因此,排行三十五的高适就无法走这一出任捷径了。

这一切对高适来说如梦如幻,也可以用四个字来概括:家道中落。

祖父的荣光已经黯淡,对父亲的记忆也只残留在一些渐渐模糊的片段里。

高适曾随任官的父亲到过闽、越一带:

秦中送李九赴越(节选)
高适

镜水君所忆,莼羹余旧便。

归来莫忘此,兼示济江篇。

第七章　家族：书剑传承与发扬光大

送郑侍御谪闽中（节选）
高适

谪去君无恨，闽中我旧过。

大都秋雁少，只是夜猿多。

如今一切荣耀都已远去，现实如同唐玄宗时期的名相姚崇说的那样："比见诸达官身亡以后，子孙既失覆荫，多至贫寒。"

母亲比父亲更早去世，十九岁的高适在父亲迁葬洛阳和母亲合葬后只能孑然一人，搬到了宋州，开始了贫寒的青年生活。

三

俄国作家列夫·托尔斯泰曾在《安娜·卡列尼娜》中写道："幸福的家庭总是相似的，不幸的家庭各有各的不幸。"

对高适来说，祖父的时代虽然显赫，但是早早去世的祖父并没有机会给予高适多少照顾；而一生穷困的父母也没有给高适留下什么资产，因此高适不像李白、杜甫那样在青少年时期有来自家庭的资助，得以度过一段轻松愉快的日子，相反，他早早在异乡过着清

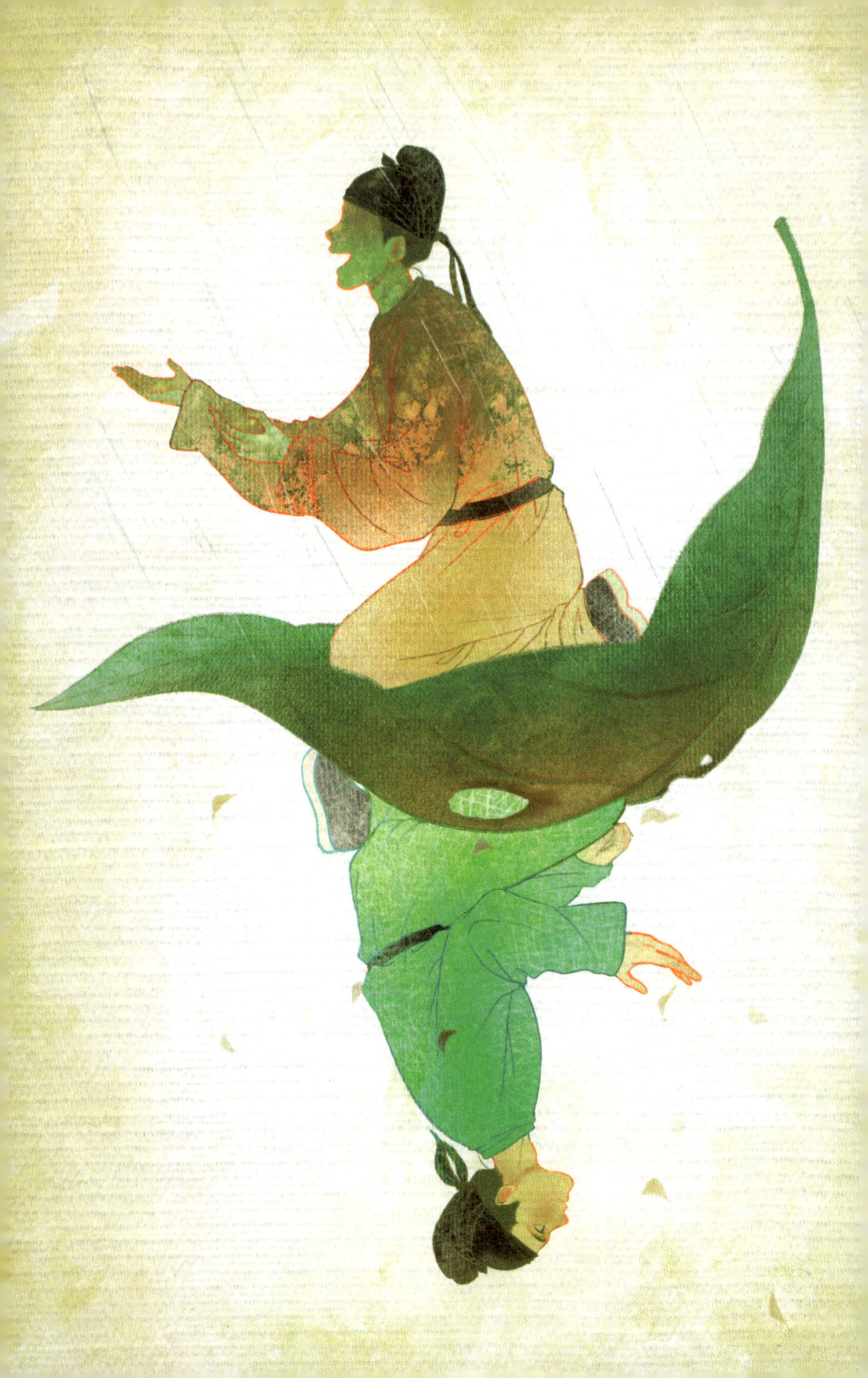

第七章 家族：书剑传承与发扬光大

苦的生活，感受着人间冷暖。

中国是一个非常重视家族文化传承的民族，一个人的气质和追求总是离不开家族的影响，像杜甫常常挂在嘴边的"诗是吾家事"。在杜甫眼里，他写诗就是家族传统，因为他的祖父杜审言可是唐代近体诗的奠基人之一，杜甫一生以此为豪，并时不时对自己的祖父表达敬意："吾祖诗冠古。"

虽然很早就没了家族的庇护，但是高适从没忘却家族的使命和传统。

开元二十七年（739）的秋天，高适的族侄高式颜被括州刺史张守珪招纳从军，高适亲自为其送行，写下了《宋中送族侄式颜》：

> 大夫击东胡，胡尘不敢起。
> 胡人山下哭，胡马海边死。
> 部曲尽公侯，舆台亦朱紫。
> 当时有勋业，末路遭谗毁。
> 转旆燕赵间，剖符括苍里。
> 弟兄莫相见，亲族远枌梓。
> 不改青云心，仍招布衣士。
> 平生怀感激，本欲候知己。

去矣难重陈，飘然自兹始。
游梁且未遇，适越今何以。
乡山西北愁，竹箭东南美。
峥嵘缙云外，苍莽几千里。
旅雁悲啾啾，朝昏孰云已。
登临多瘴疠，动息在风水。
虽有贤主人，终为客行子。
我携一尊酒，满酌聊劝尔。
劝尔惟一言，家声勿沦滓。

在诗中，他以一个长辈的口吻嘱咐即将踏入新征程的族侄："劝尔惟一言，家声勿沦滓。"

高侄，千言万语只化为一句话，千万不要玷辱我们家族的声誉。

高式颜被招军中，当时正处在人生落寞时期的高适也很羡慕，这一句谆谆教诲既是说给高式颜的，其实也是说给高适自己的。

那高家的传统究竟是什么呢？

高适所在的渤海高氏不同于著名的"五姓七望"等累世通经的文化高门大姓，而是在五胡十六国末、北魏初因军功而起家的家族，因此其尚武传统一直保持并延续了下来。这个家族大多数成员都勇武善战，富有军事才能，早期的先祖高湖、高各拔等都是武力卓越

第七章 家族：书剑传承与发扬光大

的强人，高适的祖父高侃在南征北战中也是靠刀剑拼出了一条血路。到了高适，也是武艺出众：

"倚剑欲谁语，关河空郁纡。"（《塞上》）

"二十解书剑，西游长安城。"（《别韦参军》）

"谁怜不得意，长剑独归来。"（《自蓟北归》）

"说剑增慷慨，论交持始终。"（《酬秘书弟兼寄幕下诸公》）

"倚剑对风尘，慨然思卫霍。"（《淇上酬薛三据兼寄郭少府微》）

"抚剑堪投分，悲歌益不平。"（《酬河南节度使贺兰大夫见赠之作》）

....

二十岁的高适已经精通剑术，说明他是自小习武，长剑随身，也颇有先辈的遗风。

除了尚武的传统，高家对于功名的追求也一直影响着高适。

《旧唐书》记载高适："喜言王霸大略，务功名，尚节义。"《新唐书》则评价道："适尚节义，语王霸衮衮不厌。遭时多难，以功名自许。"这两本书都把高适描绘成一个孜孜不倦追逐功名的人。

在高适的诗中，他也毫不掩饰要积极建功立业的想法。

在《酬李少府》中，他写道："君若登青云，余当投魏阙。"

在《酬鸿胪裴主簿雨后睢阳北楼见赠之作》中，他写道："不

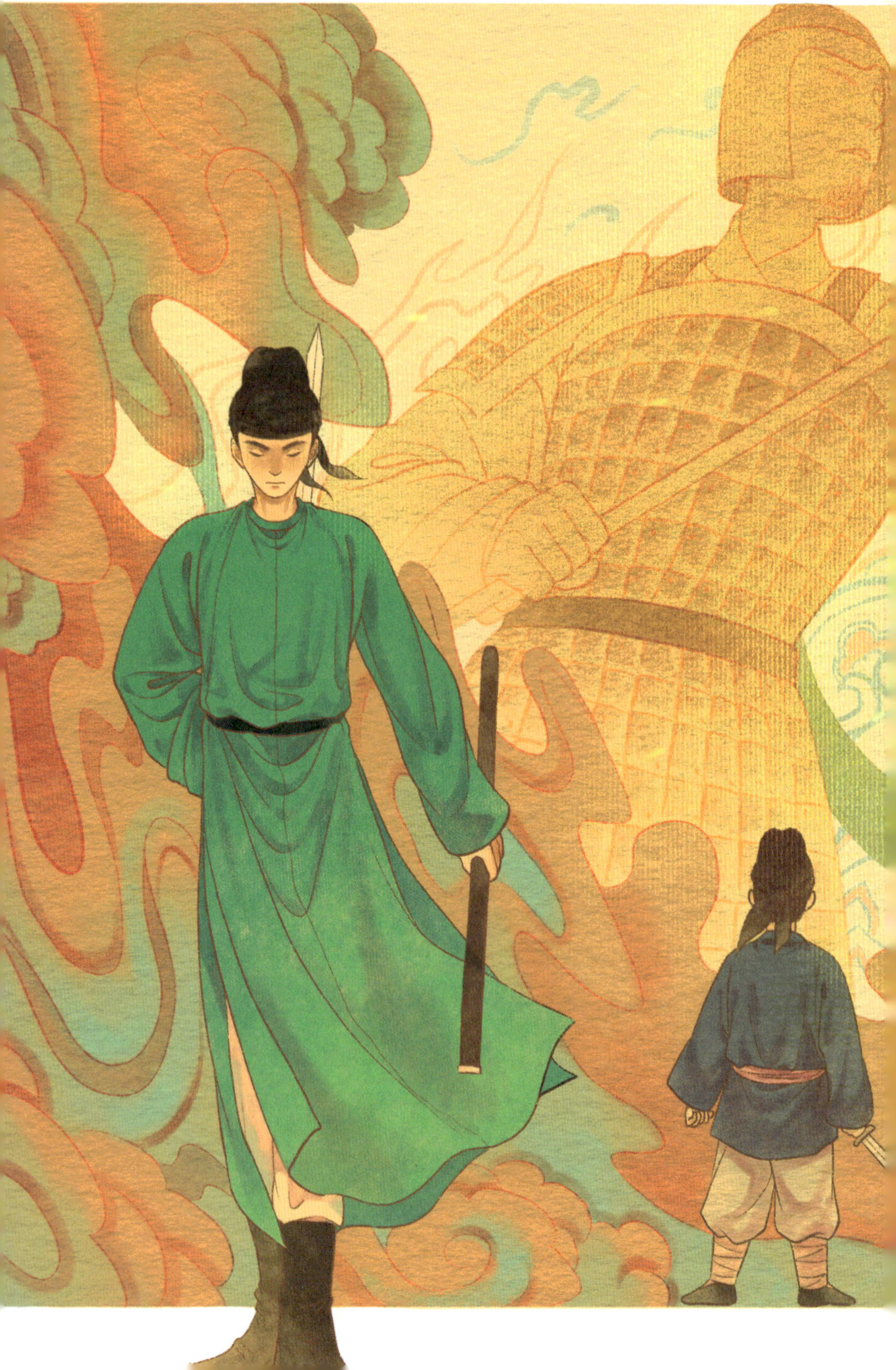

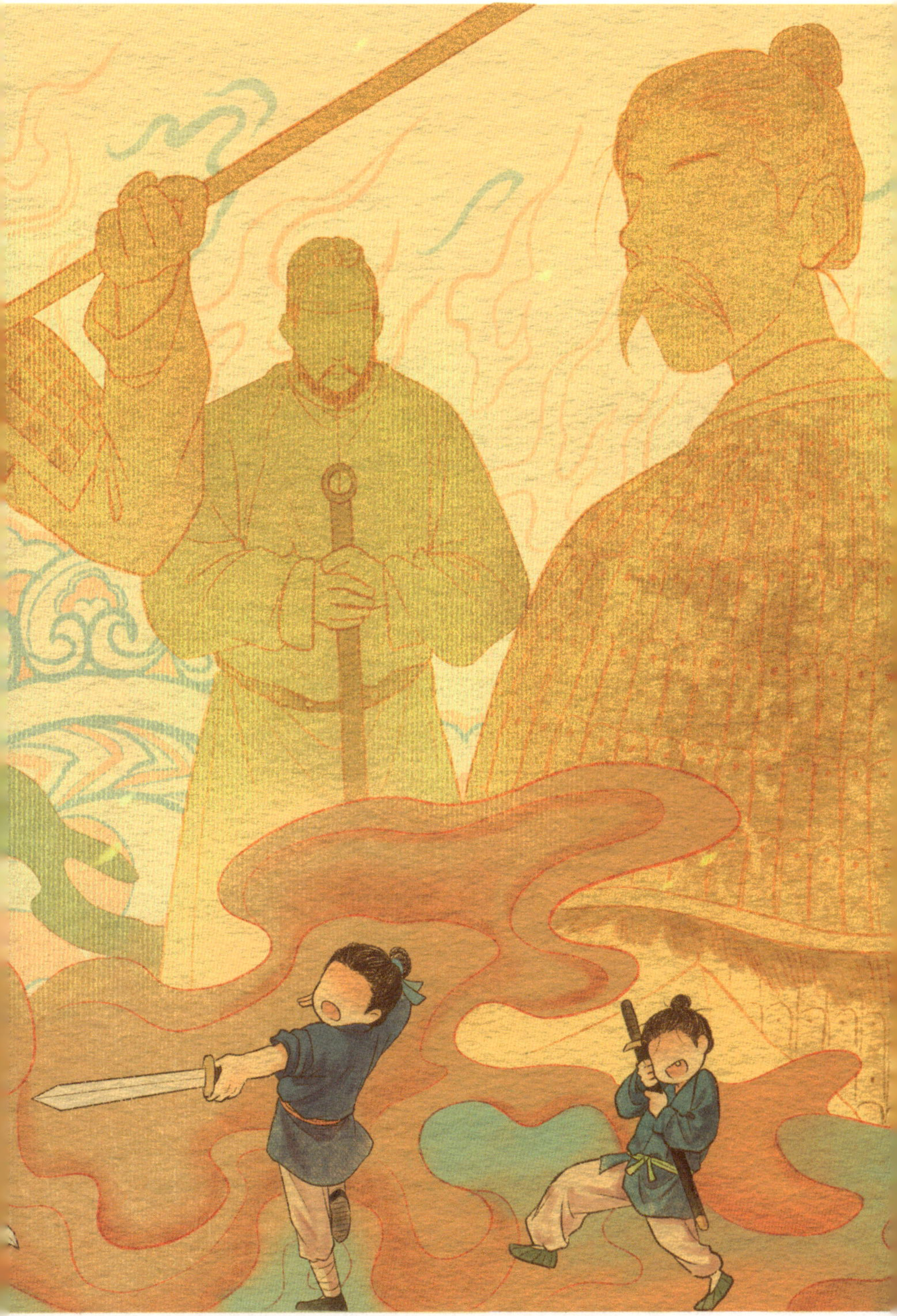

叹携手稀,恒思著鞭速。终当拂羽翰,轻举随鸿鹄。"

在《过卢明府有赠》中,他写道:"何幸逢大道,愿言烹小鲜。"

在那首流传甚广的《塞下曲》中,他更是直接高呼:"万里不惜死,一朝得成功。画图麒麟阁,入朝明光宫。"

很多人批评高适天天把功名挂在嘴边有失文人之雅,但这才是真实的高适,他对功名的选择既有盛唐的风气影响,更是其家族的一脉相承。

高适一门,除了祖父高侃是唐初名将,高适的伯父高崇德是并州司马,高崇礼是云麾将军行左卫率府中郎将;高适的堂兄弟高琛是南充郡司马,高元琮是遂州司户参军。高氏不仅是个官宦家族,而且除了高适父亲高崇文是文官,其他几乎都跟军界有关,这也无不潜移默化地影响了高适的人生选择。

他一边躬耕读书,一边四处游历寻求援引。

高适三十四岁时,北游燕赵,他向恒州刺史韦济毛遂自荐:

真定即事奉赠韦使君二十八韵(节选)

高适

沦落而谁遇,栖遑有是夫。

不才羞拥肿,干禄谢侏儒。

契阔惭行迈，羁离忆友于。

田园同季子，储蓄异陶朱。

方欲呈高义，吹嘘揖大巫。

永怀吐肝胆，犹悍阻荣枯。

解榻情何限，忘言道未殊。

从来贵缝掖，应是念穷途。

我们交情深厚，现在我人生落魄，你身居高位，是不是可以帮帮我呢？

高适四十六岁时，东游济南，他向北海太守李邕毛遂自荐：

奉酬北海李太守丈人夏日平阴亭（节选）
高适

自怜遇时休，漂泊随流萍。

春野变木德，夏天临火星。

一生徒羡鱼，四十犹聚萤。

从此日闲放，焉能怀拾青。

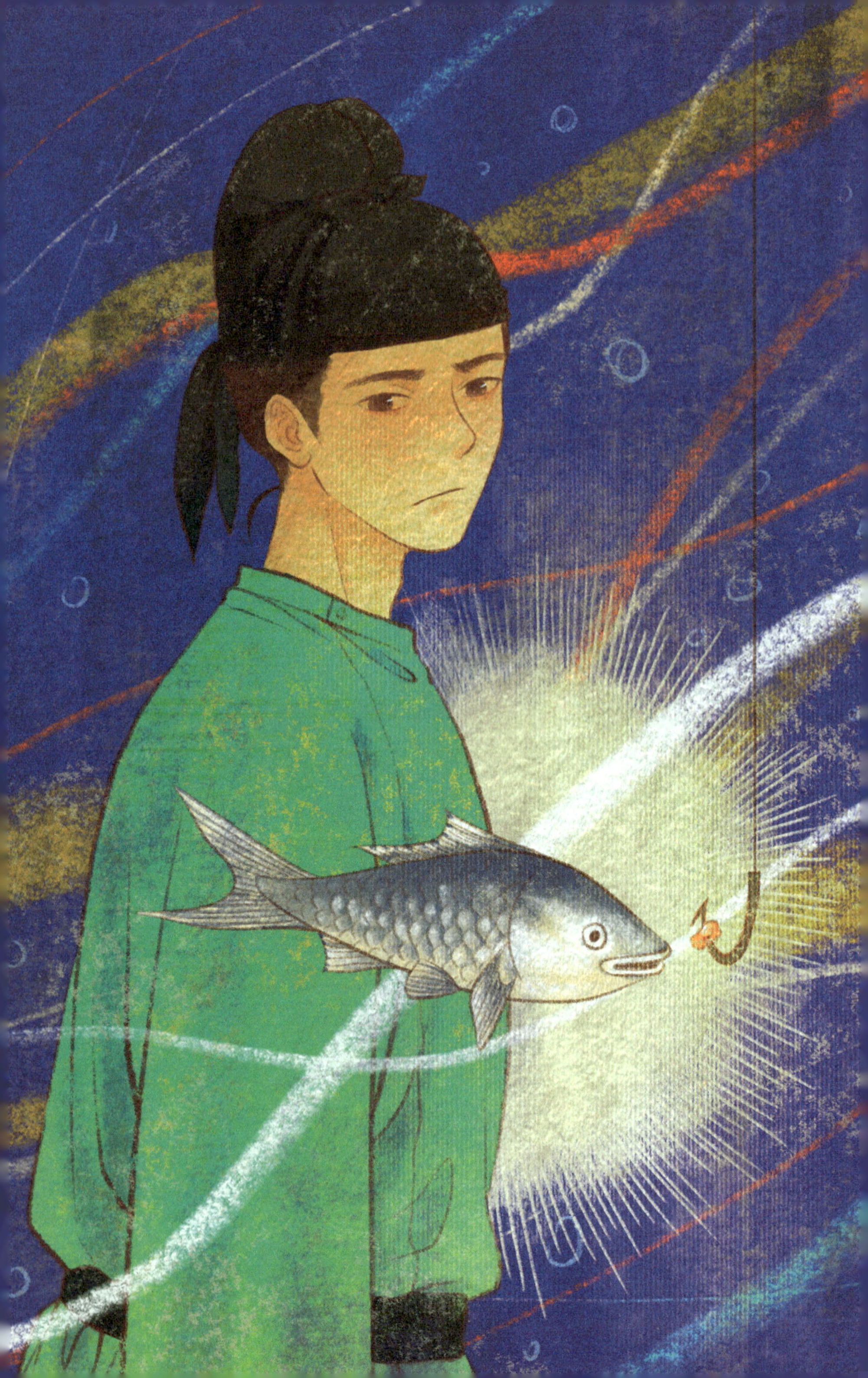

第七章　家族：书剑传承与发扬光大

我已经四十多岁了，还是一介布衣，我一直希望步入朝堂，你能不能帮帮忙？

从青春少年到天命之年，对功名的追求，高适从未放弃，永远热烈，永远在路上。

虽然自己既清贫又无任何官职，但是怎么能轻易忘记家族的荣耀和传统？而且越是处于社会底层，高适向上攀爬的欲望就越强烈，所以高适常常以功名自许，因为，"官是高家事"。

而且因为家族的尚武从军传统，高适年轻时便多次前往边塞寻找从军的机会，比如他曾向信安王李祎投诗自荐，希望去军中效力："直道常兼济，微才独弃捐。曳裾诚已矣，投笔尚凄然。"虽然当时没能如愿，但是经历一番人生挫折后的高适最终还是投笔从戎，追随家族的步伐，第三次前往边塞，最终在军中、在战场上找到了自己的人生价值，也凭借卓越的军事才能在河西、淮南、四川取得了一番成就，这不得不感谢家风的熏陶。

四

公元749年，高适四十九岁，终于获得了一个封丘县尉的官职，但是他每天不是忙着催收税赋，就是忙着拜迎上级长官的检查，郁闷至极。

高适回到家里，面对妻子和孩子，说了当官一天的零零碎碎，妻子和孩子听完后都笑他，他当年志向远大，想要恢复家族的荣耀，现在怎么能过这样的生活呢？

"归来向家问妻子，举家尽笑今如此。"

家人的一记棒喝惊醒了高适，高适很快做了决定：辞官，并且远赴河西，要从军报国。

那是公元752年的秋天，虽然又成了一介白衣，但是高适比以往更加坚定，他在长安给同样即将前往军中效力的朋友李侍御送行，饮下满满一杯酒："功名万里外，心事一杯中。"

你我的功名，还是要去边塞寻求！

他来到名将哥舒翰军中，跟随着哥舒翰上战场。重新披上铠甲的那一刻，高适仿佛又看到了曾经的祖父，那个为国杀敌的英雄，终于复活在孙子身上。

每一次击退胡兵打完胜仗后，高适总是喜欢悄悄离开歌舞宴会，一个人来到茫茫的戈壁沙漠中。夜晚的戈壁总是格外冷，而天上的月亮也显得格外大，仿佛触手可及，清冷的月光像一床被子，盖着所有的戍楼。

不知何时响起一阵羌笛声，从遥远的天际飘来，高适听得出，这是著名的《梅花曲》，那笛声渐吹渐响，跟着北风越飘越远，像雨点落满了关山。

它还会落到哪里呢？会落到遥远的家乡吗？会落到一样不眠的亲人窗前吗？

塞上听吹笛
高适

雪净胡天牧马还，月明羌笛戍楼间。
借问梅花何处落，风吹一夜满关山。

高适并不知道，但是脚下的路似乎越来越清晰，来自家族遥远的呼唤也越来越清晰。

后来高适在安史之乱中出任淮南节度使，平定永王李璘叛乱，安定了江南；在四川身先士卒，成功平定段子璋、徐知道叛乱，抵抗唐王朝的西南大敌吐蕃，不仅取得了赫赫战功，也在保家卫国这一方面超越了祖父。

正如《旧唐书》评价的："适以诗人为戎帅，险难之际，名节不亏，君子哉！"

他文武双全，不仅在军事上实现了对家族的传承和超越，更是

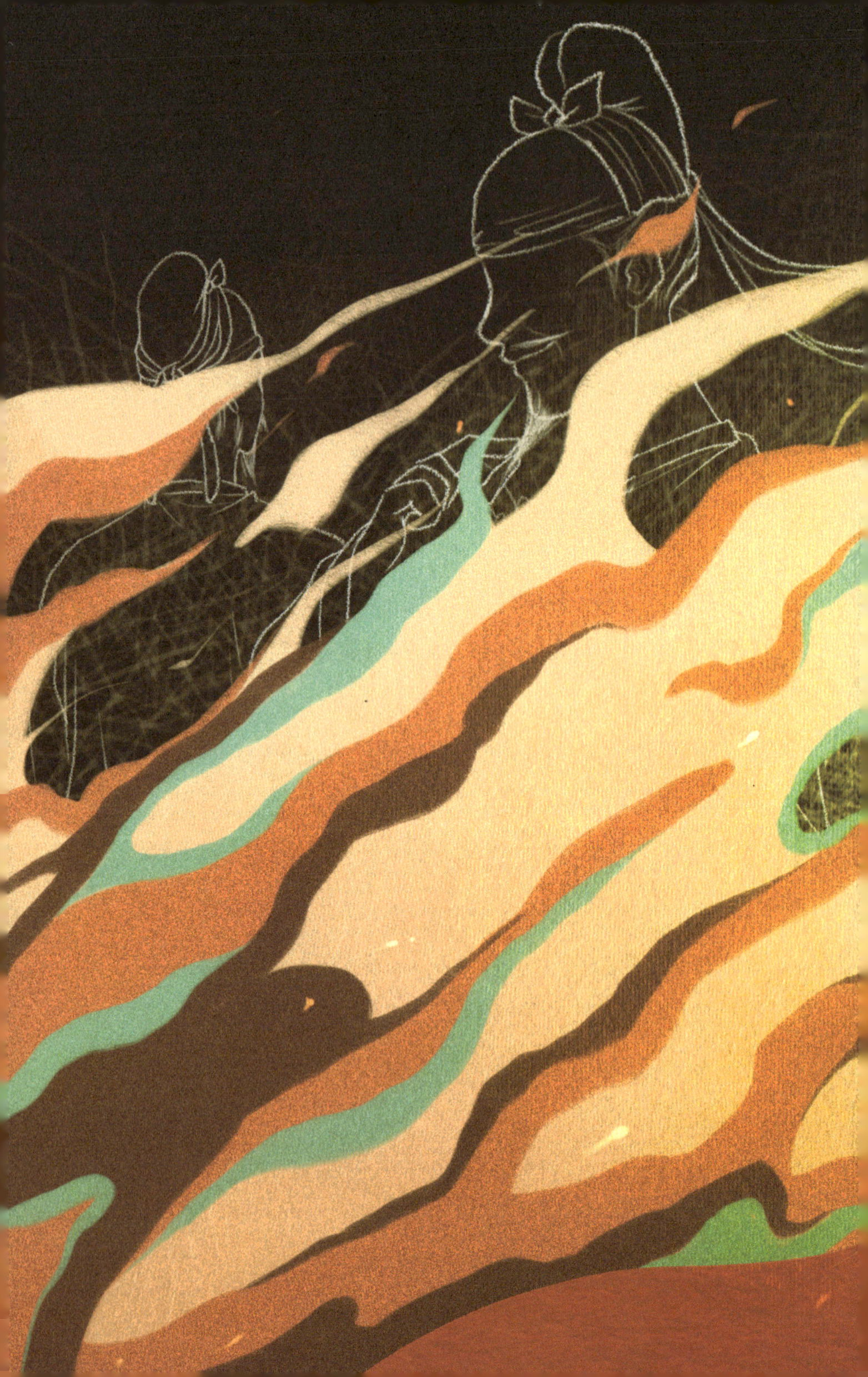

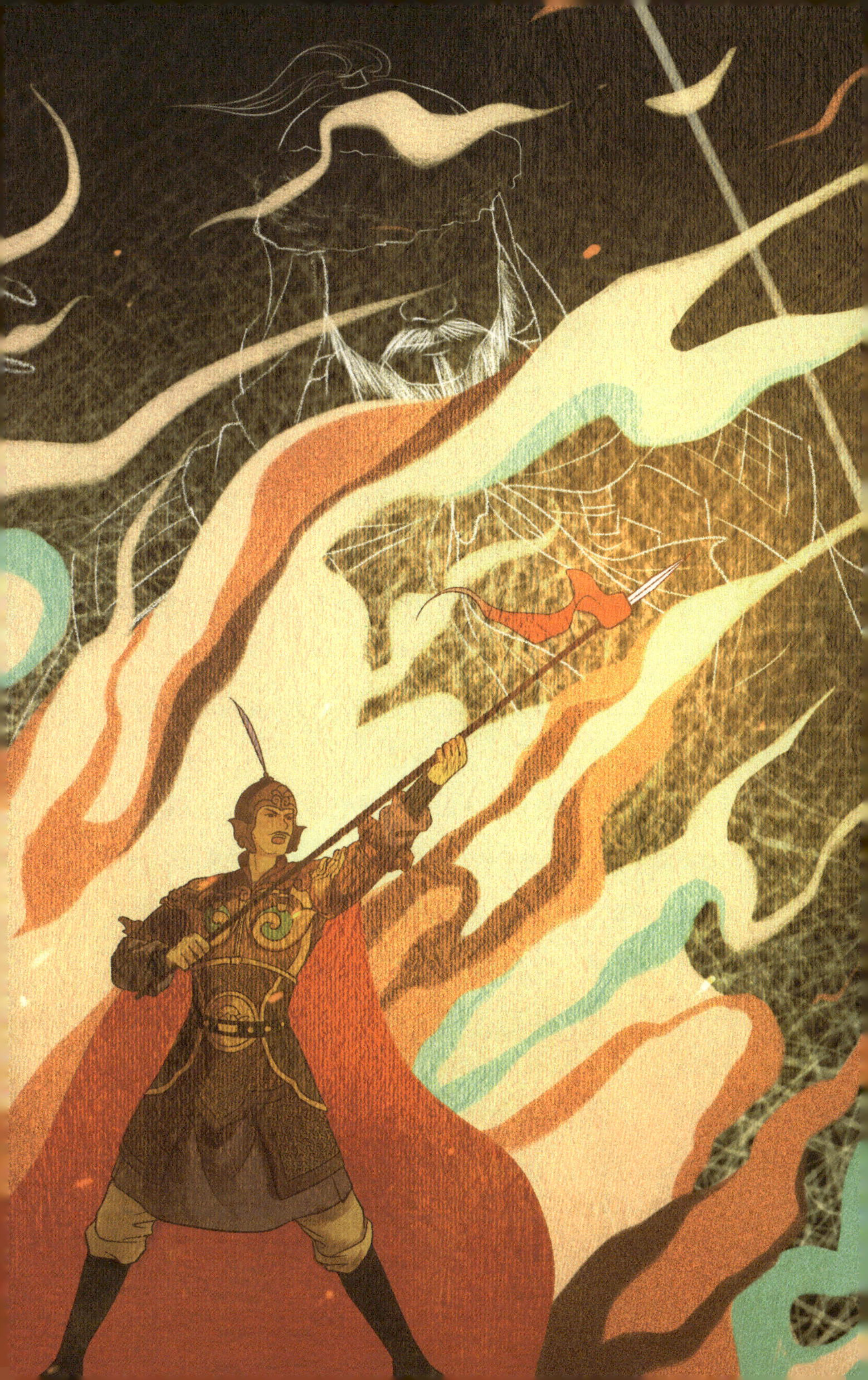

以边塞诗人的身份为高家镀上新的荣光。

杜甫写他:"总戎楚蜀应全未,方驾曹刘不啻过。今日朝廷须汲黯,中原将帅忆廉颇。"非常全面地总结了高适的成就。在政治方面,他在淮南、四川任节度使,屡建奇功,但是因为李辅国的嫉妒,他还是有很多潜力没有发挥出来;在诗歌领域,他和才高八斗的曹植,以及建安七子中的刘桢并驾齐驱。他是朝廷之上敢于直谏的汲黯,也是战场之上老当益壮的廉颇。

也许花甲之年的高适还是随身佩带着那把年少的长剑,常常抚剑独思:"岂知书剑老风尘。"书剑会老去吗?

书剑永远不会老,因为它就像家族的传承,代代相传,只要人在,它就会永远年轻。

史书记载,高适的侄孙高固也是一位传奇人物。他是唐朝中期名将浑瑊的部下,其人生经历和其祖高适也颇为类似。高固幼年贫寒,但是乐观积极、志向远大,得到浑瑊的赏识,一路做官至检校左仆射兼右羽林统军。《旧唐书》中写高固体力过人,擅长骑射,喜欢读《春秋》,既武艺高超,又颇有计谋,曾在泾原兵变中以一敌百,力战叛军,后来又在邠宁任节度使,因为人忠厚、为官公正,深得军心民心,几乎是翻版高适。而高固因功勋卓著,后被封为渤海郡王,更使高氏家族青出于蓝而胜于蓝。

第八章

宋州突围：高适的「达」地

一

宋州，曾经是帝喾高辛氏的封地，商朝最早建都于此，殷商后裔微子启在这里建立宋国，秦朝时在这里设立睢阳郡，西汉时这里是梁孝王的封地。隋朝开皇十六年（596）第一次将此地命名为宋州，到了唐朝，沿袭隋朝，仍然把这里叫作宋州。

几千年来，宋州迎来送往了许多大人物，商汤、孔子、墨子、庄子、申屠嘉、梁孝王、司马相如、枚乘……

开元九年（721），它迎来了一位名不见经传的小人物——高适，从此，这个人的一生和宋州结下了不解之缘，也开启了一段唐朝诗人中的不朽传奇。

高适从哪儿来？

长安。

他刚刚结束在长安的求仕，带着失意和不甘离开，渡过黄河，朝宋州走来。一年前，他带着豪情壮志来到大唐的都城长安，寻求

第八章 宋州突围：高适的"达"地

出仕的机会。当时的长安不仅是帝国的都城，还是世界闻名的大都会，这里人才济济，也机会多多。高适只带着一柄长剑和二十岁少年独有的初生牛犊不怕虎的勇气就来了，他甚至不屑走科举的常规道路，他相信他这样的特殊人才必须走特殊的路子，他还保留着祖父高偘带给他的骄傲，他觉得这里一定有自己的位置，而自己也可以很快身居高位，实现济世安民的理想。

但是他很快就发现自己错了，站在熙熙攘攘的朱雀大街上，他突然有点迷茫。他一时不知道向哪个方向走，也不知道该去找谁才能见到高高在上的皇帝。高适突然发现自己在这个当时世界上最大的城市里是个孤家寡人，没有名声，没有朋友，也没有背景，几乎一无所有。于是他冷静下来，选择先留下来，观察等待。在接下来的一年里，他试着四处走动，寻求伯乐，尽管还是一无所获，但是他也看到了更多。

高适看到一个白衣少年骑着高头大马，挥舞着金色的鞭子，在街道上无所顾忌地驰骋。那是因为他背后还跟着一位权贵，他们并肩走进酒楼歌馆，如花似玉的美人早已列队等候，通宵达旦奏着美妙的音乐，他们则一掷千金，美酒美食配美人，和他们比起来，高适觉得自己仿佛就是那孤馆灯下憔悴的书呆子。

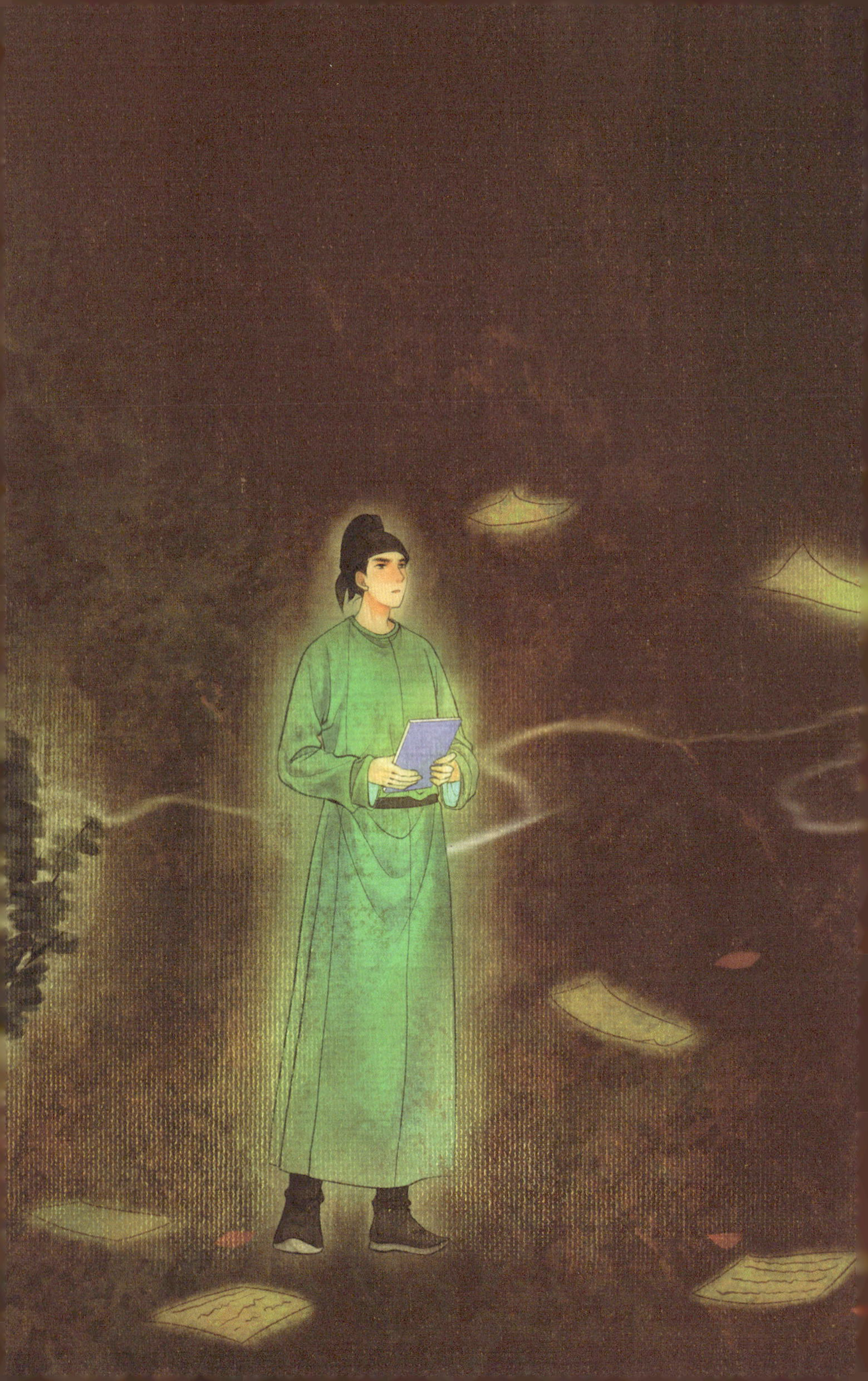

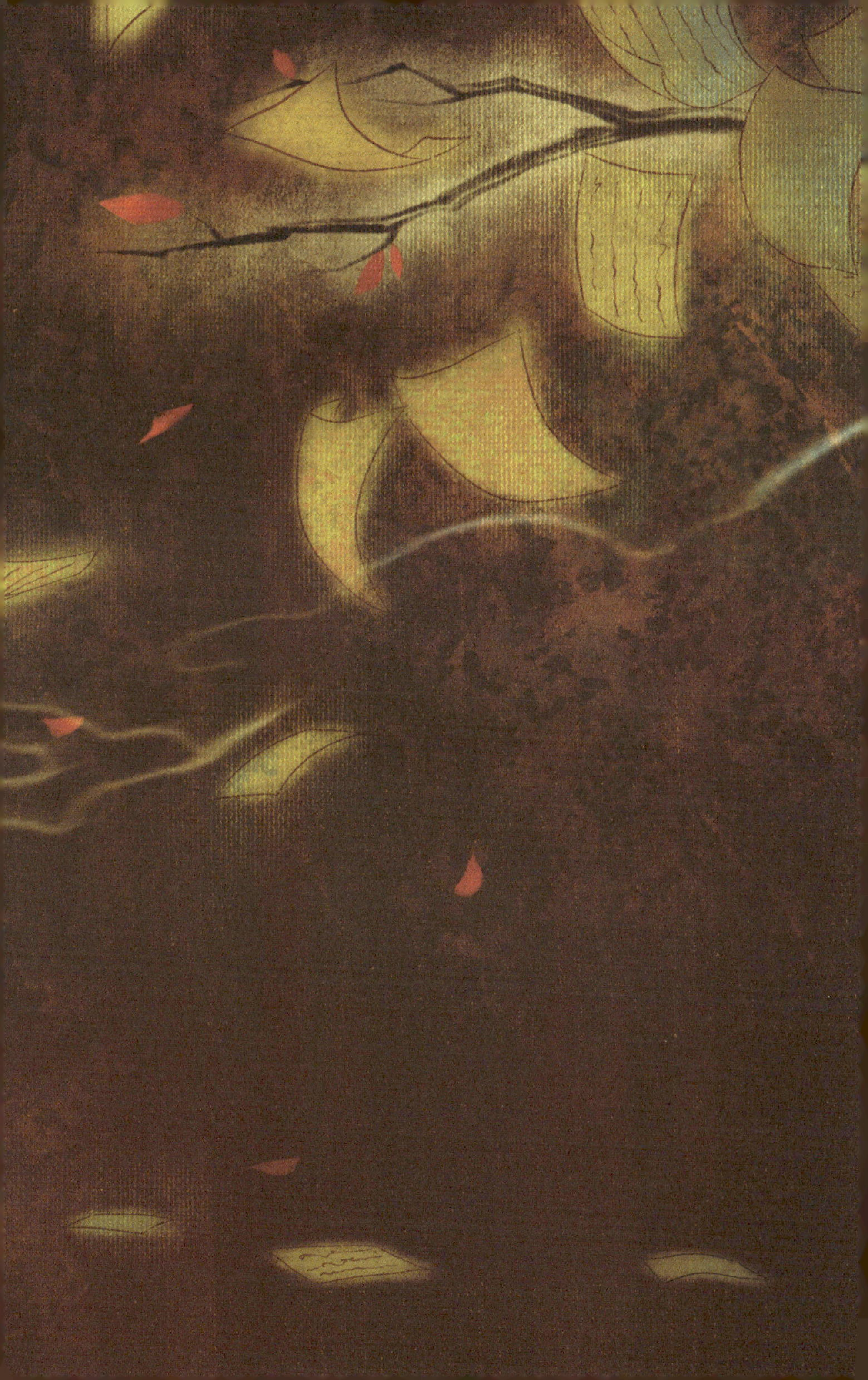

行路难二首·其一

高适

长安少年不少钱，能骑骏马鸣金鞭。

五侯相逢大道边，美人弦管争留连。

黄金如斗不敢惜，片言如山莫弃捐。

安知憔悴读书者，暮宿灵台私自怜。

高适还听过一个传奇故事：有一位富家翁从前一贫如洗，邻里都看不上他，兄弟也都远离他，于是他来到长安求生计。有一天他认识了当今皇帝的一位远房亲戚，从此跟着这位豪门贵族做起了木材生意，据说皇室修建宫殿、道观、庙宇所用的木头都是从他这里购买的，于是他短短几年就积累了黄金万两，从此一步登天。如今他儿孙绕膝，妻妾成群，从他奢华的房子里传出的歌舞弦乐声，整条朱雀街都能听到。

行路难二首·其二

高适

君不见富家翁，旧时贫贱谁比数。

第八章　宋州突围：高适的"达"地

一朝金多结豪贵，万事胜人健如虎。

子孙成行满眼前，妻能管弦妾能舞。

自矜一身忽如此，却笑傍人独愁苦。

东邻少年安所如，席门穷巷出无车。

有才不肯学干谒，何用年年空读书。

高适终于参透了一个道理："有才不肯学干谒，何用年年空读书。"

如果不懂得拜谒贵人，那么即使有像陈平、冯谖那样的才学，也只能居住在穷巷，生活贫苦。

高适也终于认清了一个现实：行路难。

二十岁的少年在现实世界里，第一次品尝到苦涩，那不是茶的味道，而是人生的味道——难。

于是公元721年的一个秋天，高适收拾行李，带着失意，离开长安，朝宋州走来。

至于他为什么选择宋州，其实也很难说得清楚，也许是"许国不成名，还家有惭色"，他还是有着少年的薄脸皮，空手而归他不知如何应对故乡的亲友，而且宋州离自己的故乡洛阳并不遥远；也许是宋州水陆交通都很便利，它既是陆路的重要枢纽，又是汴河水系转入江淮的大码头，隋唐漕运的必经之地，被称为"舟车半天下"，

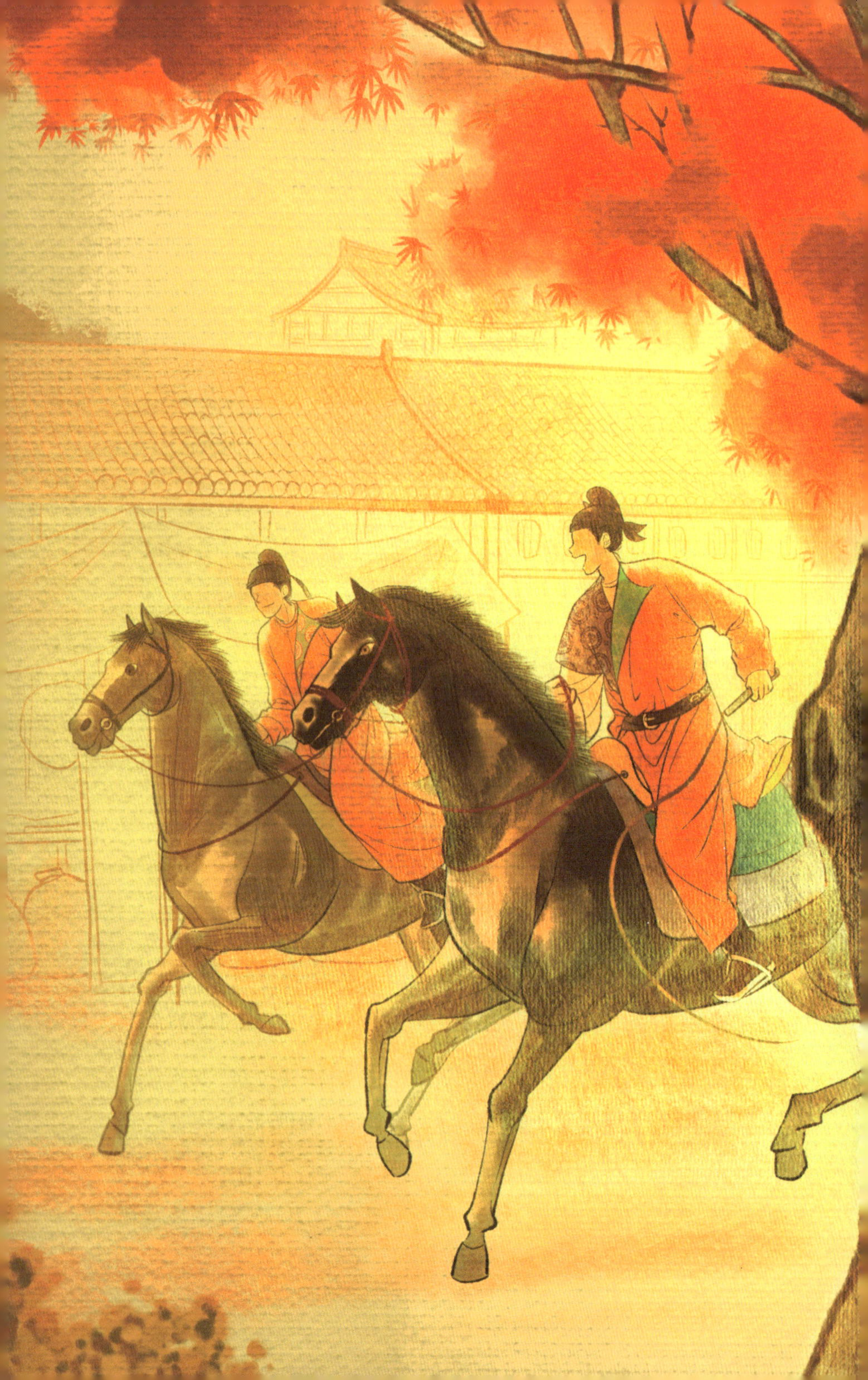

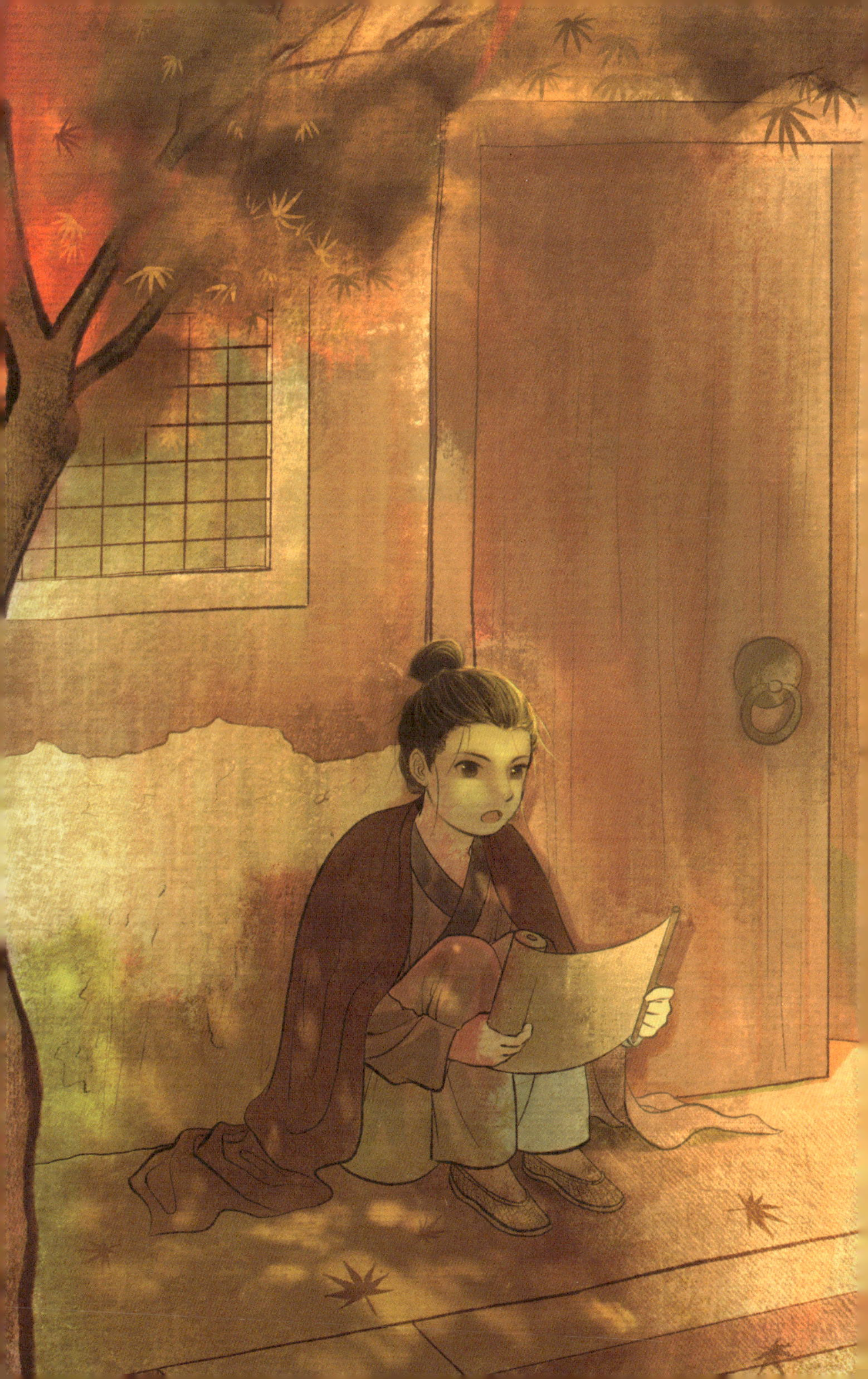

以后自己出行也更加方便。

但不管怎样,当这个少年带着一身疲惫和满腔不甘到来时,宋州接纳了他,并用它的包容和独有的氛围浸染着他。对高适来说,其实这次长安之行也不能算作很丢脸,毕竟他才二十岁,他还有很多时间,很多机会,于是他暂时留在宋州,但是没想到他和宋州的缘分竟这样深刻。

从二十岁到五十岁,这便是他晚年那句著名的"一卧东山三十春"的由来,这几乎花掉了他生命中二分之一的时间。

在这三十年期间,他也曾数次离开宋州。

开元十九年到开元二十二年,他远赴边塞寻找机会,无果后又回到宋州。

自蓟北归
高适

驱马蓟门北,北风边马哀。

苍茫远山口,豁达胡天开。

五将已深入,前军止半回。

谁怜不得意,长剑独归来。

第八章　宋州突围：高适的"达"地

开元二十三年到开元二十六年，他得到一次赴长安应试的机会，未能考中后又回到宋州。

他也曾短暂地在离宋州不远的淇上、滑台待过一段时间，但是不如意后还是选择回到了宋州。

他也曾出去拜访投谒，在离宋州很远的东平待过三年，甚至也碰到过赏识他的伯乐，但是后来伯乐不幸去世，他只能又回到宋州。

高适每一次在外面失意，每一次在外面撞得头破血流，每一次在外面一无所获，他都选择了回到宋州。

就像在外面寻找食物的野兽，当天黑了时，不管有没有收获，不管在外面遇到什么伤害，它都会悄悄回到自己的巢穴，舔舐皮毛，休养生息，等待下一次出发。

而宋州也一次次无言地接纳了高适，就像母亲接纳自远方归家的游子。

宋州渐渐成了高适真正的家，一个舒缓疲倦身体的家，一个可以疗愈精神的家，一个随时欢迎他回来的家。

历史上，有很多人曾在失意落魄时被一个地方接纳。比如芒砀山之于刘邦，东山之于谢安，柳州之于柳宗元，潮州之于韩愈，黄州之于苏轼。

他们带着伤，翻过山，渡过水，和一个地方萍水相逢，但是一见如故。

他们和这个地方有身体的共容，更有灵魂的碰撞。

二

从来没有一个人为宋州写过这么多首诗。

在唐朝，有很多人来过宋州并留下笔墨，比如杜甫路过宋州写下"邑中九万家，高栋照通衢"，感叹宋州作为当时十大望州之一的繁华。也有人曾在宋州长期居住过，比如李白在梁园邂逅了宰相的孙女宗氏，入赘后在宋州住了十年之久，写下"一朝去京国，十载客梁园""千里一回首，万里一长歌"，表达他对宋州的留恋。

但是，从来没有一个人像高适这样为宋州写过这么多首诗。

在现存记载的诗词中，高适前后为宋州写过六十九首诗。

在宋州的三十年，是他一生中最重要的创作时期。

他感受过宋州冬天的寒冷：已经是二月份了，北风吹在脸上依然如同刀割，大雪从天上纷纷扬扬地落下，像飘了一地的鹅毛，不一会儿从院子里看向远方只剩下一个颜色——白色。

高适蜷缩在屋内，他暂时还没有白居易"晚来天欲雪，能饮一杯无"的雅兴，他看着阴沉的天空，暗暗发愁。

苦雪四首·其一

高适

二月犹北风,天阴雪冥冥。

寥落一室中,怅然惭百龄。

苦愁正如此,门柳复青青。

他领略过宋州秋天的大雨,那是令人难忘的画面:天上黄云密布,久雨不止,地上大水横流,冲起的泥沙像绳子一样缠绕着城墙,低洼的田地都变成一片片水塘,田里的庄稼早已被淹坏,高适很惆怅收成,因为他也是一个农民。

苦雨寄房四昆季(节选)

高适

独坐见多雨,况兹兼索居。

茫茫十月交,穷阴千里馀。

弥望无端倪,北风击林箊。

白日渺难睹,黄云争卷舒。

安得造化功,旷然一扫除。

滴沥檐宇愁,寥寥谈笑疏。

泥涂拥城郭,水潦盘丘墟。

惆怅悯田农,裴回伤里闾。

    他欣赏过宋州春天的清新,那是他和友人去睢阳东亭郊游所见过的最美的春景:傍晚,天际的晚霞刚刚退去,和近处的杂树参差交错,好像树上挂满了彩色的长条,随着晚风跳着轻盈的舞蹈;黄莺和燕子一定最喜欢二月份,因为百花都围绕着水池盛开,那里便成了它们约会的花园;放眼望去,成排的竹子铺满山脊,就像一块巨大的碧玉,林中的竹笋悄悄探出头,也想一睹美丽的春天;槐树开满嫩芽,就像绿色的颜料晕染在画布之上……慢慢欣赏,不用急着回家,天黑了还会有皎洁的月光随我们一同归去。

同李司仓早春宴睢阳东亭
高适

春皋宜晚景,芳树杂流霞。

莺燕知二月,池台称百花。

第八章　宋州突围：高适的"达"地

> 竹根初带笋，槐色正开芽。
> 且莫催行骑，归时有月华。

高适也走过宋州的大街小巷，屋檐下的各色商店鳞次栉比，浓郁的酒食香气吸引着来来往往的路人；路旁的驿站常常人满为患，一旁的栅栏中拴着几头翘首的驴，驴鸣阵阵，这就是驿站的特色"驿驴"，供给远行的旅客骑行，这一切都彰显着宋州的繁华和作为通衢的重要。他也偶尔沿着宋州古老的城墙遛弯，和友人谈古论今，青苔沿着城墙根像蛇一样蜿蜒远去，墙上残留的剑迹和模糊的文字诉说着时间的流逝，他和友人在慢慢落下的夕阳中缓缓登上城楼眺望，远处是芒山和砀山，彩色的光亮处就是古宋河。当然高适最常去的还是郊外的平台、高台，他在这些地方送过很多人，也写下了他诗集中最多的酬唱送别诗。

"旧国多转蓬，平台下明月。"（《宋中别李八》）

"出门尽原野，白日黯已低。"（《宋中遇林虑杨十七山人因而有别》）

"浮云暗长路，落日有归禽。"（《别王彻》）

这是静静的送别，在明月下，在原野上，在落日中，高适用无言的景色诉说着自己无言的失意。

"载酒登平台,赠君千里心。"(《别王彻》)

"徒然酌杯酒,不觉散人愁。"(《别韦五》)

"斗酒相留醉复醒,悲歌数年泪如雨。"(《送蔡山人》)

"举酒临南轩,夕阳满中筵。"(《途中酬李少府赠别之作》)

"我携一尊酒,满酌聊劝尔。"(《宋中送族侄式颜》)

这是酣畅淋漓的送别,离别的伤感因酒精在肠胃的挥发而变得炙热,于是这分别变得慷慨激昂起来:"莫愁前路无知己,天下谁人不识君?"

在一次次的酬唱送别中,高适慢慢结交了一大批文学名士,当时的北方文人圈中,以萧颖士、元德秀、刘迅三人名气最大,围绕此三人也形成了一个四十多人的文学圈子,他们互通诗文,抱团取暖。高适也是其中的一员,"河东裴腾士举精朗迈直,弟霸士会峻清不杂……颖川陈兼不器行古之道,渤海高适达夫落落有奇节,是皆重于刘者也""长乐贾至幼邻名重当时……京兆韦建士经中明外纯……是皆厚于萧者也",他们欣赏高适的才华,传阅推广高适的诗文,于是高适名声渐起。

这其中最有名的一次郊游就是大家都熟知的天宝三年(744)高适和杜甫、李白的相遇,三人鲜衣怒马,漫游梁、宋,"醉眠秋共被,携手日同行",不仅结下了深厚的友谊,更是成就了"三才子"

第八章　宋州突围：高适的"达"地

的千古名声。

在不断互通诗文和切磋学问中，高适也逐渐形成了自己独特的诗歌风格。后世评价高适的诗歌最常用的词是"慷慨悲凉"。

这是因为在物质层面，高适在宋州的生活是一生中最困苦的时期，"家贫，客于梁、宋，以求丐取给"，但是他从未轻易向生活低下头，也从未忘记自己济世安民的理想。他一边躬耕读书，一边四处拜谒寻求机会，不断失败，又不断重新出发，冷酷的现实生活和强烈的入世之心，让高适内心矛盾万千，十分悲愤。这种情感在他用纯朴的文字直接倾泻出来时，就像浑浊的黄河之水冲过峡谷积蓄了鸿钧之力突然从巨大落差处落下形成的瀑布，震耳欲聋却又大音希声，令人震撼，感慨万千。

宋州的春夏秋冬、一草一木、人文荟萃不仅给了高适许多灵感，客居宋州的那段时间亦是高适一生中诗歌创作成就最高的时期，被称为高适"第一大篇"的《燕歌行》正是高适在宋州时酬答友人创作的，这首诗不仅成了高适重要的代表作，也让高适名声远扬，高适同时代的文学评论家殷璠将这首诗收录在他的《河岳英灵集》中，并特地补充道："（高适）诗多胸臆语，兼有气骨，故朝野通赏其文。至如《燕歌行》等篇，甚有奇句。"

《河岳英灵集》堪称唐朝的《诗刊》，是大唐诗歌盛世的记录者,它选录了从开元二年至天宝十二年二十四位诗人的二百三十四首诗,都是当时的名家名作,比如李白、王维、王昌龄等人的作品。作者殷璠首创了诗人传记和作品对应排列的形式,他对诗歌颇有研究,理论水平高,且有艺术鉴赏能力,所以选录诗歌的标准非常严格。在唐人编选的唐诗选本中,《河岳英灵集》历来最受重视,当时的读书人、士人几乎人手一本。可以说,其诗入选《河岳英灵集》标志着高适在当时的诗坛上已经崭露头角、自成风格。

那首朗朗上口,在今天几乎人人都会背的《别董大》也是高适在宋州送别唐朝音乐家董庭兰时所作,这首诗因其广泛的流传度,已经成了很多人认识高适的第一首诗。

别董大二首·其一

高适

千里黄云白日曛,北风吹雁雪纷纷。
莫愁前路无知己,天下谁人不识君?

三

宋州给了高适容身之地,也给了他诗歌创作的灵感,更成了他思想的锻造升华之地。

三千多年前有了宋州,四十年前有了高适,在长与短的碰撞中,他几乎走遍了宋州的所有地方,梁园、琴台、高台、平台、楼阁、城墙、旷野、沼泽,他也走过时间的春夏秋冬、风霜雨雪,透过历史遗迹的缝隙窥见很多人,他们从三千多年的历史中走出来,走进宋州,走到高适面前,走到他思想的锻造台上。

高适看见求贤若渴的梁孝王,这位汉景帝的弟弟为了广纳天下贤才,特地在宋州建造了方圆三百余里的梁园,司马迁在《史记》中特地写道:"于是孝王筑东苑,方三百余里,广睢阳城七十里。大治宫室,为复道,自宫连属于平台三十余里。"

于是这个园子从此便成为文化圣地的代名词,文人风云际会于此,宾客诗酒唱和于此,鲁迅曾感叹道:"天下文学之盛,当时盖未有如梁者也。"

淮阴枚乘、齐人邹阳、蜀地司马相如等人千里跋涉,带着满腔才华登上高台,成为梁孝王的座上宾,他们在月光下吟诗作赋,枚乘高声朗诵了《七发》,司马相如写下了流传后世的《子虚赋》……

但是很快,梁王、枚乘、司马相如的身影远去,一千年过去,如今的梁园只剩下空旷的高台和高台下随风飘摇的杂草。

宋中十首·其一

高适

梁王昔全盛,宾客复多才。
悠悠一千年,陈迹唯高台。
寂寞向秋草,悲风千里来。

高适看见一代豪杰汉高祖刘邦,他曾因秦始皇一句"东南有天子气"而隐忍蛰伏芒砀之间,并于中年在芒砀山斩蛇起义,他有雄才大略并且知人善任:"夫运筹策帷帐之中,决胜于千里之外,吾不如子房(张良)。镇国家,抚百姓,给馈饷,不绝粮道,吾不如萧何。连百万之军,战必胜,攻必取,吾不如韩信。"他在短短的三年时间内便推翻暴秦,大器晚成,开创大汉四百年基业,何其伟大。

高适起身远望,如今的芒砀山只剩下一片禾黍和头顶静静俯视大地的悠悠白云,他有更多感慨写在《宋中十首》中。

宋中十首·其二
高适

朝临孟诸上，忽见芒砀间。

赤帝终已矣，白云长不还。

时清更何有，禾黍遍空山。

　　高适看见怀才不遇的儒家创始人孔子，他正带着一帮弟子神色凄然地穿过宋门。他在大树下为众人讲礼，等待宋景公的召见，但宋国司马桓魋怕孔子得到重用，特地派人砍掉了为孔子遮阴的树木，孔子只能离开，弟子催促他为了安全，尽快逃走，他回头最后看了一眼宋门，淡定地说道："天生德于予，桓魋其如予何？"

　　上天把德赋予了我，桓魋能把我怎么样？

　　高适对孔子的心情感同身受，他很佩服孔子于危难面前仍不改其志。

宋中十首·其六
高适

出门望终古，独立悲且歌。

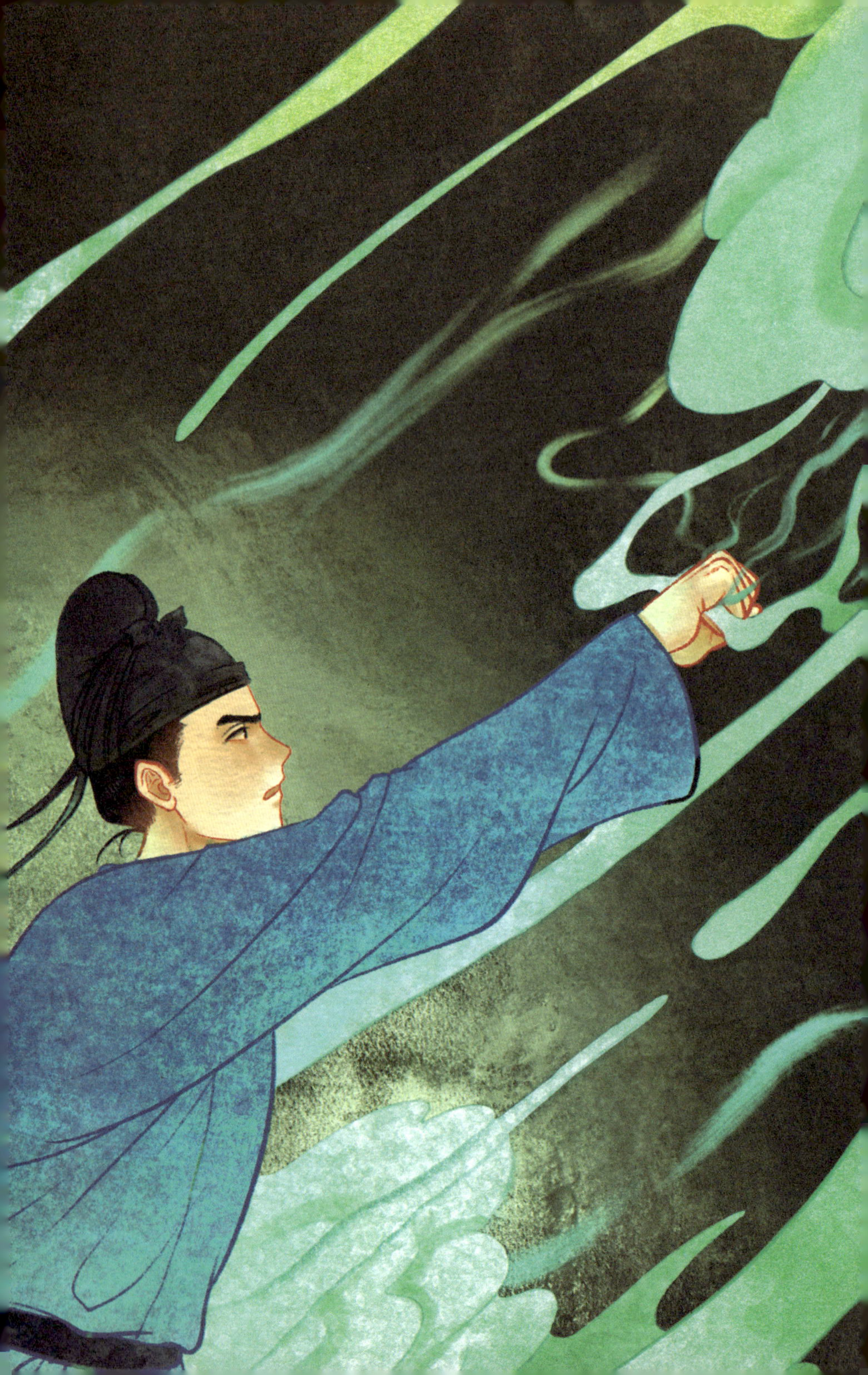

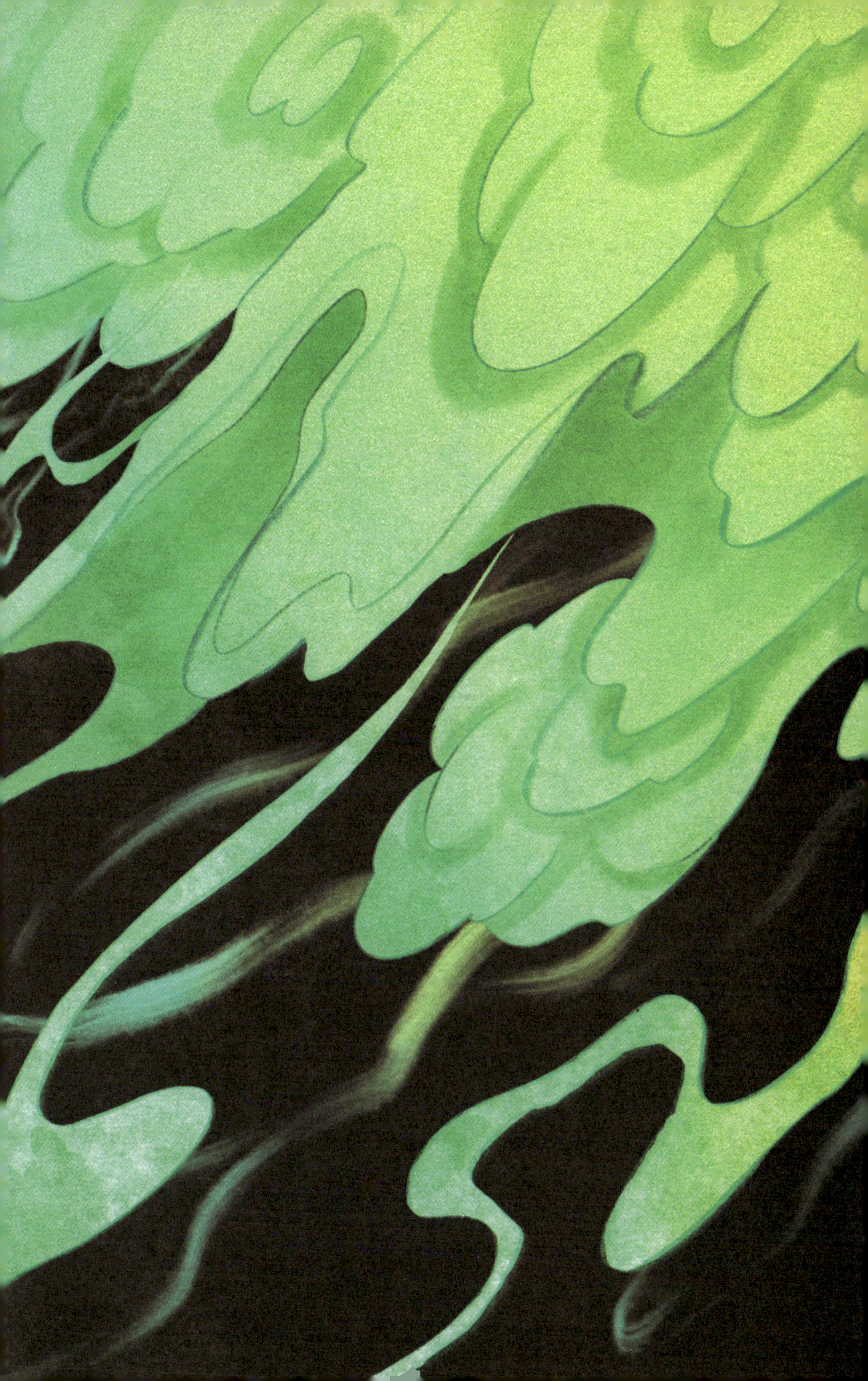

忆昔鲁仲尼，凄凄此经过。
众人不可向，伐树将如何。

　　高适看见逍遥的庄周，他正俯身在漆园闲适地收拾地里的杂草，他准备再种点瓜果，并摆手让前来请他就任楚国相国的使者离开，面对使者的恳求，他头也不抬地说道："往矣！吾将曳尾于涂中。"
　　走吧，我将拖着尾巴在泥地中自由自在地活着。
　　高适若有所思，他欣赏庄周的大智若愚。

宋中十首·其七
高适

逍遥漆园吏，冥没不知年。
世事浮云外，闲居大道边。
古来同一马，今我亦忘筌。

　　高适还看见楚国的军队雄赳赳、气昂昂地围住宋国，九个月不肯离去，宋国的粮食很快吃完了，国家岌岌可危，于是宋国大臣华元趁着夜色偷偷潜入楚国将军子反的卧室中，言辞恳切地请求子反退兵，子反被其勇敢和忠诚打动，于是退兵，宋国避免了易子而食的悲剧。

第八章　宋州突围：高适的"达"地

卢门外楚军列阵的痕迹早已化作云烟，唯有风中的蓬草还在诉说着华元解围的传奇。

宋中十首·其八
高适

五霸递征伐，宋人无战功。
解围幸奇说，易子伤吾衷。
唯见卢门外，萧条多转蓬。

高适还看见鸣琴治单父的宓子贱，他正坐在琴台上静静地抚琴，他无为而治，身不下公堂却把单父治理得井井有条。

高适和他相视一笑，他是高适的偶像。

高适也会疑惑，为什么像宓子贱这样的人越来越少呢？

宋中十首·其九
高适

常爱宓子贱，鸣琴能自亲。
邑中静无事，岂不由其身。

何意千年后，寂寞无此人。

拨开历史最厚重的那一团迷雾，高适又看见宋州的始祖阏伯，他正拖着长袖缓缓走来。他发明了以火纪时的历法，在宋州做火正（祭祀火神，管理火政的官）。他勤政爱民，深受老百姓的爱戴，被民间称为"火神"。他死后被葬在阏伯台下，因为他的封号是商，因此他的墓冢被称为"商丘"，这便是宋州（今河南商丘）的由来。

阏伯在历史上留下了丰功伟绩，高适却看见他眼角潜藏的忧伤，也许他还没有释怀和弟弟实沈的关系，《左传·昭公元年》记载："昔高辛氏有二子，伯曰阏伯，季曰实沈，居于旷林，不相能也，日寻干戈以相征讨。后帝不臧，迁阏伯于商丘，主辰，商人是因，故辰为商星；迁实沈于大夏，主参，唐人是因，以服事夏、商……故参为晋星。由是观之，则实沈参神也。"

因为兄弟不和，阏伯和弟弟就像天上的参星和商星一样各居一方，永不相见。

宋中十首·其十

高适

阏伯去已久，高丘临道傍。

第八章　宋州突围：高适的"达"地

> 人皆有兄弟，尔独为参商。
> 终古犹如此，而今安可量。

还有很多宋州的历史人物在高适眼前走近，又走远，他们带着历史的荣耀，也带着历史的遗憾，在宋州这个舞台上为高适诉说着，演绎着，也锻造着，这便是高适赫赫有名的怀古组诗《宋中十首》。

高适终于明白，无论多远的路，都会有尽头，生命也是，在和无限的历史对峙中，有限的生命稍纵即逝。高适也终于明白，无论人生中有多少丰功伟绩，都会留下命运的遗憾，谁都躲避不了。

在慷慨怀古中，高适慢慢洞见了人生的真正价值，也掌握了面对时间流逝、命运无常的法门：达。

这在他后来被誉为"开后人故迹凭吊诗之法门"的《古大梁行》中更进一步：

> 古城莽苍饶荆榛，驱马荒城愁杀人。
> 魏王宫观尽禾黍，信陵宾客随灰尘。
> 忆昨雄都旧朝市，轩车照耀歌钟起。
> 军容带甲三十万，国步连营一千里。
> 全盛须臾那可论，高台曲池无复存。

遗墟但见狐狸迹，古地空馀草木根。
暮天摇落伤怀抱，抚剑悲歌对秋草。
侠客犹传朱亥名，行人尚识夷门道。
白璧黄金万户侯，宝刀骏马填山丘。
年代凄凉不可问，往来唯见水东流。

　　所有的人物都会远去，君王、贤臣、圣人都会化作历史天空中的一颗颗流星，只留下曾经的断壁残垣，梁园、琴台、漆园、卢门、阏伯台……但是高适并没有仅仅伤感于这些遗墟，因为"侠客犹传朱亥名，行人尚识夷门道"，因为"琴和人亦闲，千载称其才"，生命虽然迟早会逝去，但是如果他的热爱、他的追求，感染了后人，并传承下来，那么我们也不必为白发增生而忧患，因为生命从此不朽，就像高适一次次对宓子贱的致敬："怀宓公之德，千祀不朽。"

　　高适并不像李白那样虽然明白人生短暂，"生者为过客，死者为归人。天地一逆旅，同悲万古尘"，最后却只是用酒和道来躲避，"古来圣贤皆寂寞，惟有饮者留其名"。

　　高适也不像后世的苏轼，把人生的遗憾寄托于日月山川之中："哀吾生之须臾，羡长江之无穷……惟江上之清风，与山间之明月，耳得之而为声，目遇之而成色，取之无禁，用之不竭。是造物者之无尽藏也,而吾与子之所共适。"既然人生有限,清风明月无限,何不趁着月色去吹吹风?

高适像尼采一样积极地肯定生命,肯定现世,肯定人生:"肯定生命,哪怕是在它最异样、最艰难的问题上;生命意志都在其最高类型的牺牲中,为自身的不可穷竭而欢欣鼓舞。"

只要我们像梁孝王、枚乘、司马相如一样,像孔子一样,像庄周一样,像华元一样,像宓子贱一样,像阏伯一样,不惧外在的环境,不怕一时的遗憾,在有限的人生中积极地实现了人生的价值,那么一代代后世终会在丹青之上记住我们!

这就是司马迁最看重的:"古者富贵而名磨灭,不可胜计,唯倜傥非常之人称焉。"

这也是高适的"达",在思想的锻造台上千锤百炼之后,他终于在宋州接纳了自己,就算年过半百还是身无分文,就算好不容易遇见老朋友来宋州却依旧掏不起酒钱款待。

别董大二首·其二
高适

六翮飘飖私自怜,一离京洛十馀年。

> 丈夫贫贱应未足，今日相逢无酒钱。

但他一点也不沮丧和羞愧，他直面生活的窘迫，他将人生的短暂不堪化作自嘲，并轻松地消解于无形之中，他甚至直抒胸臆，一吐人生的底气和自信："莫愁前路无知己，天下谁人不识君？"

他在最艰难窘迫的时候，写下这句诗。千百年来，没有哪句诗给人如此直面人生的勇气和力量！

没有！

读林语堂的《苏东坡传》可悟到，在黄州之前，苏轼是苏轼，遇见黄州之后，他便是崭新的苏东坡。

宋州则是高适和高达夫的分水岭。虽然这近三十年对高适来说是沦落，是失意，是穷困，但是宋州这座千年古城接纳了他的身体，给予了他灵感，锻造了他的思想，并在潜移默化中升华了他此后的人生。

于是高适收拾起在宋州的行囊，推开厚重的卢门，向远方坚定地走去。

关于高适的帷幕从此落下，唐朝历史上唯一的"诗人之达者"很快就要诞生。

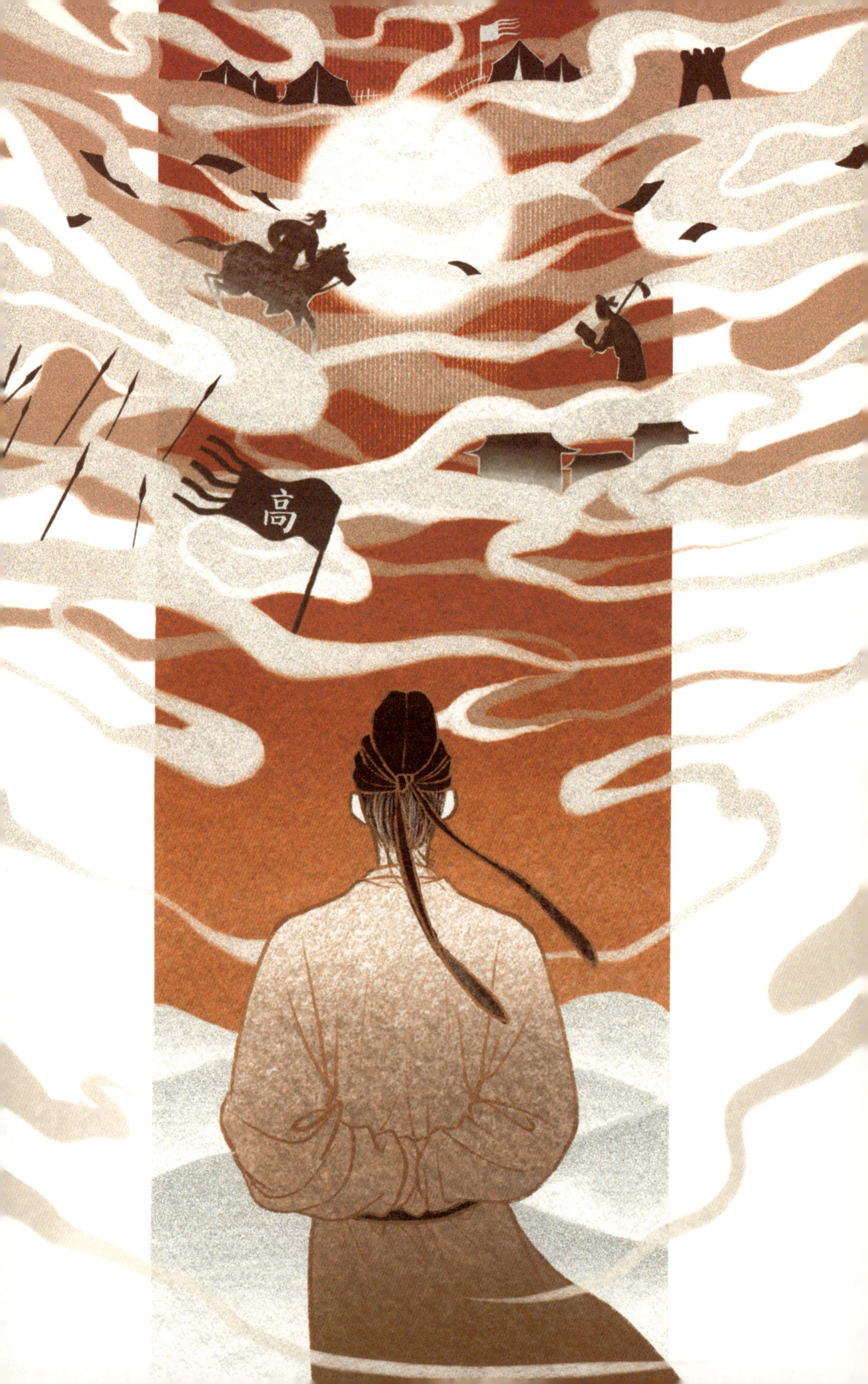
高

©中南博集天卷文化传媒有限公司。本书版权受法律保护。未经权利人许可，任何人不得以任何方式使用本书包括正文、插图、封面、版式等任何部分内容，违者将受到法律制裁。

图书在版编目（CIP）数据

莫愁猎火狼烟，前路有高适 / 董领著；北册绘. —— 长沙：湖南文艺出版社，2024.7. —— ISBN 978-7-5726-1920-5

Ⅰ. I267.1

中国国家版本馆 CIP 数据核字第 2024B34J84 号

上架建议：畅销·文学

MO CHOU LIEHUO LANGYAN, QIANLU YOU GAO SHI
莫愁猎火狼烟，前路有高适

著　　者：	董　领
绘　　者：	北　册
出 版 人：	陈新文
责任编辑：	张子霏
监　　制：	邢越超
总 策 划：	知识放映室
特约策划：	张　攀
特约编辑：	王玉晴
营销编辑：	李美怡
装帧设计：	梁秋晨
出　　版：	湖南文艺出版社
	（长沙市雨花区东二环一段 508 号　邮编：410014）
网　　址：	www.hnwy.net
印　　刷：	天津联城印刷有限公司
经　　销：	新华书店
开　　本：	875 mm × 1230 mm　1/32
字　　数：	164 千字
印　　张：	8.5
版　　次：	2024 年 7 月第 1 版
印　　次：	2024 年 7 月第 1 次印刷
书　　号：	ISBN 978-7-5726-1920-5
定　　价：	59.80 元

若有质量问题，请致电质量监督电话：010-59096394
团购电话：010-59320018